文芸社セレクション

ホワイトドラゴンII

時計塔の上の一角獣と逆さまの世界

坂下 智
SAKASHITA Tomo

JN061755

文芸社

獅子に似つかわしく、その王者たる力は、誇り高き反抗の一角獣にも動ずることなし

ホルヘ・ルイス・ボルヘス『幻獣辞典』

第一巻のあらすじ

小学五年生のみつおが大きな港町から小さな海岸線の街、足矢に引っ越した矢先、「夜空を覆う暗闇にひとすじの閃光が走った」（一一頁）落雷によって禅龍寺に封印されていた三人の巨大な影の聖獣使いの封印が解かれ、三人が復活してしまう。時を同じくして、みつおの家のそばでも緑色の稲妻が走り、その稲妻に呼応するかのように、みつおの右腕に緑色の稲妻模様が現われる。翌朝、降りしきる雨に誘われるようにみつおは、白い犬ショコラと出会う。「少年は玄関を出て、門を開けて子犬と対峙した。緑色がかった茶色の小さな瞳。柴犬のように直立した日本犬の耳。背中に走る北海道のような形をした茶色の模様。どうやら、ダルメシアンと柴犬そして紀州犬など、いくつかの血が身体に流れるミックス犬のようだ」（二三―二四頁）みつおは転校先の小学校のクラスのボスである大樹とのバトルを媒介として、風を操る能力を自らが有していることに気づく。やがてみつおはヤマキチョウ使いの絵美里、赤獅子使いの猛、青色の狛犬使いの守という友を得て、彼らをショコラと引き合わす。「みつおはドアを開けた。そこには、小さな白い犬がニコニコしながら立っていた。みつおは子犬の右肩をさすりながら言った。『みなさんはじめまして、ショコラです』」（四八頁）ある日、小学校のグラウンドで遊んでいたみつおたちは突然、カラスの大群に襲撃される。ピンチになったみつおたちのもとに、禅龍寺の僧侶である守護者、闘心が現われ、みつおたちに加勢する。「私は禅龍寺の僧侶、闘心。君たちを導くために遣わされた」（七五頁）闘心からショコラが風を操る白龍であることを知らされ、みつおはショコラの隠された力を呪文によって発動させる。「風神《ふうじん》菩《ぼ》薩《さつ》龍《りゅう》犬《けん》身《しん》！」（七八頁）同時に、絵美里、猛、守も聖獣使いとしての力を開放して、見事、カラスの大群を追い払うことに成功する。みつおは闘心のもとでホワイトドラゴンの力の使い方を学ぶため修行に励むことになる。時には、みつおは自分の不甲斐なさに涙を流しながら、白龍使いとして成長していく。

そんななか、ゲームセンターにいたみつおのクラスメイト、大樹のもとに影の聖獣使いからの刺客であるまだら蜘蛛使い、蜘蛛矢が接触してくる。中学生の不良たちにカツアゲされそうになっていた大樹を、蜘蛛矢は圧倒的な力で中学生たちをねじ伏せて解放する。蜘蛛矢は大樹に次のように言う。「会わせてほしいやつらがいるんだ」「誰？」「神坂みつおとその仲間たち」「いいぜ」「バトルか？」（一七六―一七七頁）

ある日、小学校のグラウンドでバスケットをしていたみつおたちのもとを大樹が訪れ、同時に影の三大聖獣使いの一人である八咫烏使いの仲間である、まだら蜘蛛使いの蜘蛛矢、黒カマキリ使いの残次、雪蛾使いのロシア人美少女アリーナが姿を現わし、壮絶なバトルの幕が切って落とされる。最初に、赤獅子使いの猛と黒カマキリ使いの残次がバトルを繰り広げる。音速蟷螂拳を駆使する残次に対して、猛は赤獅子と神道系の術を用いて応戦し、見事に打ち倒す。「そうだ。おまえはここまでずっと幻影を相手に戦っていたんだよ」（二〇〇頁）続く、雪蛾使いアリーナとヤマキチョウ使いの絵美里の戦いでは、アリーナが発動するサンクトペテルブルクに舞い降りる雪に絵美里は苦戦を強いられるが、奥の手である火炎蝶を発動させてなんとか倒す。絵美里は言う。「この時を待っていたの」（二〇七頁）

副大将戦であるまだら蜘蛛使いの蜘蛛矢と青色の狛犬使いの守のバトルでは、蜘蛛矢が圧倒的な霊力で守を追いつめていく。だが、ショコラ軍団の優れた知将、守は最後まで冷静さを失わず、冷めた眼つきで次のように蜘蛛矢に言う。「ギリシアの迷宮を知っているか？」「ギリシアの迷宮？　迷宮の中心にいる牛頭人身のミノタウルスのことか？　悪いけど、君はゲーム・オーバーだ」（二一三頁）勝利を確信し、油断した蜘蛛矢の隙をついて、守は神道系の呪文を唱え、蜘蛛矢を倒すのである。そしてついに、大将である三大聖獣使いの一人、八咫烏使いの鞍馬天使が「ナスカの地上絵の鳥の線形図」（二一七頁）のような神々しい姿を現わす。神獣である八咫烏の使い手、鞍馬の圧倒的な霊力を前にホワイトドラゴンによる風の攻撃は全くきかず、みつおは地面へと打ちつけられ、ショコラも白龍の姿から元の白い犬の姿に戻ってしまう。敗北を覚悟したみつおの姿を目にした猛は、みつおを怒鳴りつける。「みつお、マトリックスだ！　マトリックスを思い出せ！」「そうか、なるほどね。わっはっはっはっは！」「エブリワン・フォールズ・ザ・ファースト・タイム！（はじめは誰しも転ぶもの）」（二二五頁）と叫び、覚醒したみつおはホワイトドラゴンを媒介として強力な風の呪文を発動させ、八咫烏使いを見事に倒す。白龍に倒され瀕死の状態にある八咫烏をみつおとショコラは留めをさすのではなく、逆に助け出し、八咫烏使いのメンバーも全員逃がすのである。みつおは八咫烏使いと握手しながら言う。

「鞍馬さん、ともに生きよう」（二四七頁）

主要登場人物

神坂みつお（主人公）白龍使い。風の化身であるホワイトドラゴンを操る。小学五年生の時に隣の巨大な港町から海岸線の街、足矢に引っ越してきた。白龍使いになった際、右手の腕全体に緑色の稲妻のような模様がはいった。第二巻では中学一年生。外国語大学に通う兄の影響で、英語が得意。小柄で臆病だが、時に勇敢で大胆な行動を起こす。

ショコラ　緑がかった灰色の瞳を持つ白い犬。実は風を操るホワイトドラゴンの化身。第一巻で降りしきる雨の中、みつおと運命的な出会いを果たす。笑うと顔がナスビのように曲がる。優しさと強さを兼ね備えた静かなる犬。

神坂茂子　みつおの母。みつおとショコラの良き理解者であると同時に守護者でもある。ユーモアあふれる人柄。高い霊能力を保持しながら、それを隠して静かに暮らしている。みつおとショコラを人知れずサポートする影の立役者。

神坂文彦　みつおの兄。外国語大学でスペイン語を専門的に学んでいる。霊能力はないが、鋭い霊感は備えている。みつおとショコラの戦いを見守りながら、「語り部」のごとく、

『ホワイトドラゴン』の物語をパソコンで書き進めている。

神坂哲彦　みつおの父。会社員。霊能力はないが、鋭い霊感は備えている。みつおとショコラを影から見守っている。

蝶師絵美里　みつおの同級生。イギリス帰りの帰国子女で、英語が堪能。刃物のような羽を持つヤマキチョウと炎を放射するオオムラサキの二体から成る双蝶を操る聖蝶使い。やや小柄で、黒髪に灰色の瞳。イギリス人の血が身体に流れている。

国元猛　みつおの同級生。足矢神社の宮司の息子。双子の兄で弟は国元守（二卵性双生児）。赤獅子使い。空手の達人で、神道系の呪文にも通じている。好戦的な性格。一七〇センチを超す身長でイケメン。

国元守　みつおの同級生。足矢神社の宮司の息子。双子の弟で兄は国元猛（二卵性双生児）。青色の狛犬使い。兵法に詳しく、神道系の呪文にも精通している。一七〇センチを超す身長。温厚な性格でみつおたちの中で軍師の役割を担っている。

蜘蛛矢勇人　まだら蜘蛛使い。江戸時代から続く暗殺者の一族の末裔。高い戦闘能力と知性を誇る。第一巻では八咫烏軍団の副将として、国元守と戦うが虚を突かれ、守が操る有角の狛犬に敗北した。英語を中心とする数ヵ国語にも通じている。冷静沈着な戦いのプロ。

闘心　禅龍寺の修行僧で龍音和尚の弟子。みつおとショコラの守護者。高い霊能力を備え、密教系の呪文にも通暁している。一九〇センチを超す長身で、身体にスペイン人の血が流れている。第一巻ではみつおを白龍使いにするため鍛え上げた。師匠の龍音と共にみつおたちを見守り続けている。

龍音　禅龍寺の和尚で闘心の師。みつおとショコラの守護者。高い霊能力を備えているが、バトルに参戦することはなく、禅龍寺から弟子の闘心に指令を出す。闘心と共にみつおたちを見守り続けている。

鞍馬天使　影の三大聖獣使いの一人にして、神獣、八咫烏を操る八咫烏使い。圧倒的な霊能力と戦闘能力を誇る神獣使い。江戸時代に、禅龍寺の石碑に封印されたが、落雷が落ちて封印から解かれ、他の二人の影の聖獣使いと共に逃走した。第一巻では八咫烏軍団を率い、みつおの操る風の白龍と戦い、敗北を喫した。みつおたちとのバトルで八咫烏を失いかけたが、みつおたちの協力で八咫烏を再生させることができた。

居間蔵大樹　みつおの同級生。第一巻ではみつおと対立し、二度、喧嘩を仕掛けるが、みつおに返り討ちにされた。みつおの転校先のクラスのリーダー的な存在。霊能力はないが、非常に鋭い霊感を備えており、聖獣使いの能力と聖獣の能力を透視することができる。第一巻では、蜘蛛矢が大樹と接触を図り、大樹を媒介として、八咫烏軍団と白龍ショコラ軍団のバトルが開始された。

釜屋残次　黒カマキリを操る聖獣使いで「音速蟷螂拳」の使い手。第一巻では国元猛が操る赤色の獅子と戦い、敗北した。

アリーナ　雪蛾を操るブロンドの聖獣使い。ラテン語系の呪文を駆使して雪蛾を操る。ロシアのサンクトペテルブルク出身。第一巻では蝶師絵美里の操る双蝶と戦い、敗れた。必殺技は「ニビス・フォールテ（強雪発動）」

目次

序　章

時計塔の上の男、白と黒の将棋の駒

山ノ手中学校の時計塔の上で、男が一人将棋を指していた。木目の将棋盤の上に並んでいるのは黒水晶に白い文字が刻まれた二〇体の将棋の駒と白水晶に黒い文字の施された同数の駒。合計四〇体の二対の駒は将棋盤の上でシンメトリーを構成している。男は黒水晶の王将の駒を白水晶の王将の駒の前に配置した。男は立ち上がると空を見上げた。みつおの率いる白龍軍団が鞍馬天使《くらまてんし》の八咫烏軍団を倒してから、ほぼ一年の歳月が流れようとしていた。秋が深まり始めた空はどこまでも青く、いわし雲が東から西へ流れるのが見えた。男は中学校の制服の一部を成すブルーのネクタイをほどいて取り去り、右ポケットからマルボロを、左ポケットから稲妻模様のはいったライターを取り出して火をつけた。煙が緩やかに空を上っていった。再び、男は将棋盤のそばに戻ると、白水晶でできた幾つかの駒を右手に握りしめて、時計塔から下界を見下ろした。山ノ手中学校は白山を背景にした公立中学校である。下手に足矢の海、西には小学校とそのグラウンドが隣接している。男は小学校のグラウンドの方に視線を向けた。小学校のグラウンドの南側に設置されている時計は四時一四分を指している。グラウンドの隅で、小学生たちがワン・オン・ワンのバスケットをしている姿が見えた。よく見てみると、それらの少年は神坂《しんさか》みつおたちだ。猛《たける》と守《まもる》がバスケットをしている。そのそばでスマートフォンで音楽を聴いている絵美理《えみり》とみつお、そしてリードでつながれた白い犬、ショコラがワン・オン・ワンスタイルのバスケットを観戦している。男は右手を開いて数個の白水晶の中から王将の駒を左手で持ち上げた。

「王将、神坂みつおと白龍」

続けて、金と銀の駒を左手で拾い上げた。

「金、国元《くにもと》守と狛犬。銀、国元猛と獅子」

二つの駒を右手に戻した後、男は飛車の駒を左手にとって再び小学校のグラウンドを凝視した。

「飛車、蝶師《ちょうし》絵美理と双蝶……」

右手の中に残っている角行を見つめながら、男はつぶやくように言った。

「角行、現時点では不在……」

グラウンドでバスケットをしていたみつおたちは巨大な霊気を隣の中学校から感じた。

「みつお！」猛が吠えた。

「うん。中学校に一瞬強い霊気が出現したみたいだ」

「グルルルル……」

ショコラが両目を緑色に光らせながら中学校の方を見てうなった。

絵美理が言った。

「多分、時計塔の上から私たちの様子を窺っていたんじゃないかしら」

「そうだな。時計塔の上に一瞬、とてつもなく巨大で不穏な霊気が発生したのをおれも感じた」

守は腕組みしながら、中学校の時計塔を見据えた。

「この一年間、おれたちは平和に過ごしてきた。今立ち現われた霊気は新たな戦いが幕を開ける予兆なのかもしれない」

猛が言った。

「だが、今の感じではまだ様子を窺っている段階だとおれは見た」

守は再び時計塔を見上げた。

「ということは……」

みつおが言おうとした時、絵美理が先を越して言い放った。

「私たちが半年後に中学校に入学してから、第二の刺客が動き出すんじゃないかしら」

「そうだな。とにかく、今日はお開きにしよう。バスケの続きはまた今度にしようぜ」

猛がすばやくランドセルを背負った。

少年たちは帰り支度をして、グラウンドを後にした。白い犬、ショコラが少年たちを導くかのように先頭に立って坂道を下っていった。

中学校の時計塔の上には、将棋盤が放置されたままになっていた。盤の上には黒水晶と白水晶の駒が対を成して並んでいる。将棋盤の横に置かれた灰皿に残されたタバコの吸い殻から立ち現われた煙は揺らぎながら上空へと昇っていった。

第一章

小学校卒業

三本足のカラスの来訪

三本足のカラスが海沿いに足矢の夜空を滑空していた。カラスは大坂方面から飛んできたようだ。隣町の海生病院の上を通り越して、足矢の海までたどり着いたのだ。足矢の海に到着したカラスは船の上を通り過ぎて足矢川を上り始めた。寄せては返す波の音に混じって船の汽笛の音が鳴り響いた。

カラスはそのまま足矢川を上っていき、マリア像が祭られているカトリック教会の尖塔の上を飛び越し、大きな国道も通過した。カラスは大きな音を立てて流れ続ける幾つかの滝を飛び越した後、白山には入らずに西に方向転換した。カラスは縄文時代の竪穴式住居などが保存されている絵下山遺跡を通り越し、赤い涎掛けをした六地蔵も超えて、みつおの家の敷地内に侵入し、いったん屋根の上にとまった。夜空には無数の星が輝き、澄みわたる上弦の月が姿を現わしている。三本足のカラスは再び真っ黒な翼を羽ばたかせて、みつおの部屋のある海側に舞い降り、少年の部屋の窓ガラスをくちばしでつついた。

「コン、コン、コン、コン……」

みつおはぐっすりと眠っていて起きる気配がない。だが、みつおの足元で眠っていたショコラは起き上がって、窓へと走っていった。月夜の照らされた窓に三本足のあるカラスが映し出されているのを見つけると、みつおのもとに戻って、少年の頭を右前足で踏んだ。

「いてて、何すんだよ、ショコラ……」

みつおは頭を抱え込んで、寝返りをうった。ショコラは再びみつおの顔を右前足で押さえつけた。

「ショコラ、マジでやめろって！」

みつおは両目を開けて白い犬を怒ろうとした。その時、海側のガラス窓を打つ音が聞こえてきたのだ。

「コン、コン、コン、コン……」

みつおは眠い目をこすりながら、ショコラと一緒に窓際へ歩いていった。窓越しの夜空に大きなカラスが浮かび上がっているのが見える。真っ黒い三本足のカラス。

「あ、三本足のカラス！　八咫三郎《やたさぶろう》じゃないか」

みつおは慌てて窓を開けた。開いた窓からは海の匂いのする潮風が入り込んで白色のカーテンを揺らした。その後、三本足のカラスが部屋の中に入りこんできて、天井をぐるりと一周旋回した。みつおと白い犬は口をポカンと開けてカラスが天井を旋回する姿に見入っていた。やがて、カラスはみつおの勉強机の上にふわりと着地した。再び、カーテンを通して海から運ばれてきた潮風が流れ込んできた。部屋の中に海の香りが漂った。開け放たれた窓から入り込んだ上弦の月の光が三本足のカラスを鮮やかに照らし出した。

鞍馬天使からの手紙と黒い将棋の駒

月の光を浴びて神々しく輝いているそのカラスは疑いなく八咫烏だった。一年前、白龍ショコラと死闘を繰り広げた太陽の使い。すらりと長い三本足、威風堂々とした高貴な輪郭、そして内に秘められた神聖な霊気が八咫烏であることを物語っている。みつおは部屋の電気をつけて、机のそばに近寄った。ショコラはすでに机の下からカラスの様子を窺っている。三本足の一番左側の足の足首に紐で何かが結びつけられているのにみつおは気づいた。みつおはカラスに近寄り、左足にくくりつけられている紐を手にとった。紐の先には麻布のような小さな袋がつけられている。みつおは机の上の鉛筆立てからハサミを取り出して、紐を切り取り、麻布を開いた。布の中には小さな四角形に折りたたまれた白い紙と黒く輝く将棋の駒が入っていた。みつおは黒い将棋の駒を右手に乗せた。駒は黒水晶でできており、白い文字が刻みこまれている。

「王将の駒？」

将棋の駒を机の上に置いた後、みつおは小さく折りたたまれた紙を開いた。それは鞍馬天使からの手紙だった。

神坂《しんさか》龍犬《りゅうけん》の子孫へ

唐突だが、しばらくの間、八咫三郎を預かってほしい。今、おれは身を隠さねばならない。だが、八咫三郎が一緒だと霊気でおれの居場所がばれてしまう。そこで、安全に八咫三郎を預けられるのは神坂、おまえだけなのでお願いしたい。理由は二つだ。第一に、おれたちはおまえたちによって命を救われた。第二に、おまえたちのまわりほど安全な場所は他にないからだ。白龍使い、狛犬使い、獅子使い、双蝶使い。強力な聖獣使いがそろっている。そういうわけなので勝手を言うが、八咫三郎をしばらく預かってほしい。心配するな。必ず、八咫三郎はおれが迎えにいく。八咫三郎に餌をやる必要もないし、何かしてやる必要もない。その鳥はなんでも自分でする。ただ、常におまえたちの半径一キロ以内にいさせてやってほしいのだ。夜はおまえの家の屋根にとまることになるだろう。それから、狛犬使いと獅子使いの双子の兄弟に相談して、八咫三郎を神道に仕える巫女のもとに連れていってくれ。おれが本当におまえたちに伝えたいメッセージはその八咫烏自身の中にある。それを引き出すことができるのは透視術を備えた巫女だけだ。八咫三郎は三通りの口笛の命令に従うよう躾《しつ》けてある。

一．口笛を一度だけ吹けば、八咫三郎はおまえの肩にとまる。

二．口笛を二度吹けば、カラスは解き放たれ、半径一キロ圏内で自由行動をとる。

三．口笛を三度吹けば、八咫三郎は上空からおまえの後を追従する。

では、よろしく頼む。この借りは必ず返す。

鞍馬天使

みつおは手紙を読み終えるといったんそれを机の上において深呼吸した。そしてショコラの頭を右手で撫でながらぼんやりと考えごとをして、再び手紙を手にとって読み返しながら、口笛を二度吹いた。机の上に鎮座していた八咫烏は翼を広げて、窓から飛び出ていった。みつおは目を閉じて耳を澄ました。しばらくすると、家の屋根の上に何かが下りる音が聞こえた。八咫烏が屋根の上にとまったのだ。その音を確認した後、少年は黒水晶でできた王将の駒を右手に持って、しばらくの間、それを見つめていた。やがて、将棋の駒を机の上に置くと、みつおは部屋の電気を消して、ショコラと一緒にベッドの中にもぐりこんだ。上弦の月の光が窓越しに、暗がりに包まれた部屋を照らしていた。少年と白い犬は再び、深い眠りの世界へと入り込んでいった。

カラスの両目から映し出された映像

「みんなに見せたいものがあるんだ」

みつおは放課後、小学校のグラウンドに国元兄弟と絵美理を呼んでいた。バスケットゴールにもたれかかりながら、猛が言った。

「おい、みつお。もったいぶるんじゃねえよ」

「ちゃかすな、猛。さあ、見せてもらおうか」

守が穏やかな声で言った。

みつおは口笛を一度吹いた。何も起こらない。

「もうちょっと待ってね」みつおが言った。

みつおが口笛を吹いてから一分半ほど経った。突然、三人の表情が変わった。

「この霊気……」絵美理が険しい表情で言った。

「上だ！」猛が上空を見上げた。

秋が深まり始めた足矢の空から三本足のカラスが現われた。カラスはそのまま緩やかに舞い降りてきて、みつおの右肩にとまった。

「どういうことか説明してもらおうか」

守が腕組みをしながら、三本足のカラスを疑いの目で観察していた。

「実はね……」

みつおは経緯を説明し始めた。上弦の月が輝く晩、突然、八咫烏が来訪したこと。鞍馬天使の手紙とカラスだけが抱く秘密のメッセージ……三人はみつおの話にじっと耳を傾けていた。

「というわけで、しばらくの間、僕が八咫三郎を預かることになったんだ」

「よし、わかった。じゃあ、今週の土曜日の二時に打出天神社に集まるっていうのはどうだ？　いとこのあや姉にカラスを見てもらおう。みつお、絵美理、それでいいか？」

猛がみつおの右肩の上に乗っているカラスの頭を撫でながら言った。

「OK」と絵美理。

「みんな、ありがと」

みつおは猛と守に深々と頭を下げた。

土曜日になった。みつおは青いリュックに黒水晶でできた将棋の駒と鞍馬天使からもらった手紙を入れてリュックのチャックを閉めた。

「みっちゃん、今日はショコラの散歩、お母さんが行っとくわね」

「ありがと。よろしく頼むね」

みつおは振り向きながら母に言った。そして、茂子《しげこ》の横に立っているショコラに声をかけた。

「ショコラ、行ってくるね。夜の散歩は僕と一緒だ」

白い犬は口元をにやっと上にあげながらみつおを見ていた。みつおは玄関を出た。茂子とショコラもみつおを見送るため、外についていて出た。みつおは庭の裏側に回って、淡いブルーのマウンテンバイクを出してきた。少年は自慢のマウンテンバイクを押しながら玄関からスロープを伝って下りていき、門を開けて外に出た。みつおは空を見上げながら、三度口笛を鳴らした。しばらくすると、上空から三本足のカラスが現われてみつおの家のそばの電柱にとまった。

「みっちゃん、行ってらっしゃい。気をつけてね！」

門の内側からショコラを従えた茂子が手を振っている。少年は門に向かって右手を一度上げて、マウンテンバイクに飛び乗り、勢いよく坂道を下り始めた。三本足のカラスも電柱から飛び立って、みつおの姿を追いかけていく。

みつおは足矢川沿いに下っていき、国道を横断した。そして、カトリック教会の前庭に設置されているマリア像とイエス・キリスト誕生の厩《うまや》の模型の前を通り過ぎた。みつおの姿を追従するカラスは教会の尖塔の上を飛び越えた。少年は左折して、パン屋、ローゲンメイヤーとスウィーツ店、アンリ・シャル・パンティエの前を通り越し、そのまま打出駅を通過した。みつおは踏切を渡って北上し、足矢図書館打出分室にたどり着いた。少年は図書館の自転車置き場にマウンテンバイクを入れて、入念に鍵をかけた。そして、図書館の目の前にある打出天神社の石段を上り、鳥居を潜り抜けて北に向かって進んでいった。

みつおは白い涎掛けをつけた狛犬と獅子の前を通り越して、拝殿の中に入っていった。

拝殿の中には、猛、守、絵美理がそろって座っていた。

「よお、みつお」猛が声をかけた。

「やあ、みんな、待った？」

みつおは友人たちに話しかけた。

「いや、時間ちょうどだぜ。おれたちが早く着いただけだ」と守。

双子の兄弟の横で絵美理はいつものように目を閉じて、スマートフォンで音楽を聴いていた。

「じゃあ、あや姉を呼んでくるから」

猛がいとこの巫女を呼びにいくために、立ち上がった時、拝殿に誰かが入ってきた。山《やま》中《なか》あやめだ。白装束に赤色の袴そして後ろで束ねられた黒髪。巫女は拝殿の中をそのまま進み、中央祭壇の前で立ち止まった。すかさず、少年たちは立ち上がった。

「よろしくお願いします」

みつおが巫女に深々と頭を下げた。絵美理もスマートフォンの電源を切った。

「八咫烏はどこかしら？」

巫女はみつおに澄んだ瞳を向けた。

「ここです」

みつおは口笛を一度だけ鳴らした。一〇秒ほど経過した後、拝殿全体がサルバドール・ダリの描く曲がった時計のようにぐにゃりと歪曲する感覚に見まわれた。そして、建物の入口からさっと一陣の風が舞い込み、三本足のカラスが拝殿内に姿を現わした。八咫烏は拝殿の天井をぐるっと一周した後、みつおの右肩にふわりと舞い降りた。

「では、はじめましょうか」

巫女は三本足のカラスを見据えながら、静かに言った。

「八咫烏をこっちに連れてきて」

みつおは右肩に三本足のカラスを乗せたまま、中央祭壇に近づいた。

「カラスを下におろしましょうか？」

みつおは巫女に訊ねた。

「そのままでいいわよ。けど、八咫烏をじっとさせておいてね」

あやめは中央祭壇から鈴を両手でつかみあげ、唱え始めた。

「打出天神社の御前にて、かしこみ、かしこみ……」

巫女は鈴をリズムよく鳴らし始めた。そして、あやめはカラスの方に歩み寄り、カラスの両目の前でゆっくりと鈴を鳴らした。三本足のカラスは動じる様子もなく、鈴の動きをじっと見つめている。巫女が鈴を鳴らし出してから、一〇秒ほど経った後、カラスの瞳が青色に輝き出した。カラスは青色に輝いた両目から前方に向けて閃光を放出し、その光は大きな立方体のスクリーンへと変化して、映像を投影し始めた。そこには鞍馬天使の姿が映し出され、八咫烏使いはみつおたちに向かってゆっくりと語り始めた。

逆さまの世界に現われた聖獣の残像

「この映像を見ているということは、神坂龍犬の子孫よ、八咫三郎が無事、おまえの家にたどり着き、おまえたちのもとで保護されたというわけだな。感謝するぞ」

鞍馬天使はみつおたちに向けて一礼し、再び話し始めた。

「では、手短に話そう。第二の刺客はおれのようにおまえたちに直接襲いかかってくることはない。逆に、奴が組み立てた領域におまえたちが誘い込まれ、戦いが始まるよう仕向けてくるだろう。具体的に説明しよう。おまえたちの堅固な城とでもいうべき小学校に奴は乗り込んではこない、絶対にな。そうではなく、今頃、半年後におまえたちが入学することになる中学校の中に入り込んで、自分の領域を構築していることだろう。ここまで、いいか？　おれの言うことが理解できているか？」

八咫烏使いは一呼吸おいた。

「おれたち影の聖獣使い三人の中で、第二の刺客の役割は軍師だ。奴は兵法を知り尽くしている。城を築き、敵を待ち伏せ、完全に仕留める。そのために、ある程度時間をかけて自分が戦いやすい環境を創り上げる。おまえら現代人も将棋は指すだろう？　奴は知能戦を得意としている。そして、奴の思考方法はどこか将棋に似ている。奴が構築する領域に足を踏み入れた時、自分は将棋盤の上にいて、一つの将棋の駒になったと思え。そう考えれば、戦いやすくなるだろう」

鞍馬天使は再びしばらくの間黙った。

「八咫三郎が映像を投影できるのは五分間だけだ。だから、おれが話せるのも後ほんのわずかなので、内容をあと三点に絞って話を進める。まず、平衡感覚を養う訓練をおこなえ。例えば、逆立ちをするとか、そういうことも含めてだ。そして、平常心を常に保てるよう心掛けろ。心と身体の平衡感覚を養うんだ。わかったな？　二点目は、黒水晶でできた将棋の駒を渡しておいただろう？　それを巫女に透視してもらえ。第二の刺客の残像と断片的な能力を垣間見ることができるだろう。三点目は、おまえたち現代人の情報収集能力を駆使して、入学する中学校に今年一年間で何か異変がなかったかどうか調べてみろ。何かしら敵の足取りを掴めるはずだ」

八咫烏使いは再びひと呼吸おいた後、口を開いた。

「最後に、半年後、おまえたちが中学校に入学した晩には、おれの仲間を一人、おまえたちのもとに送り込むから楽しみにしていてくれ。おまえたちもよく知っている奴だ。次の戦いは知略戦だ。おれが送り込む聖獣使いは狛犬使いと共におまえたちの軍師として一緒に戦ってくれるはずだ。では、神坂龍犬の子孫とその仲間たちよ、中学校入学に向けて、研鑽を積むのだ。心と身体の平衡感覚を養え！　それから、八咫三郎のことをくれぐれもよろしく頼んだぞ！」

鞍馬天使が話し終わると同時に、八咫烏の両目は光を発するのを止め、映像が空気中に解けゆくように消えた。拝殿の中は静まりかえった。

「鞍馬天使が送り込んでくる聖獣使いって誰だろうな？」

猛が左手を顎の下に持っていきながら、首をかしげた。

「それは来てからのお楽しみさ」

守がにやりと笑ってみせた。

「みつお、八咫烏使いが言っていた将棋の駒をあや姉に見せてくれ」

気を利かせて、守がみつおに促した。

「ああ、そうだね」

みつおは背中のリュックを下して、その中から黒光りする将棋の駒を取り出し、祭壇の上に置いた。みんなが駒のまわりに集まった。

「王将の駒ね……」絵美理が言った。

あやめは駒を手にとり、裏返して文字の刻み込まれていない側を表に向けて祭壇上に置いた。そして、巫女は鈴を手にとって将棋の駒の上で鳴らし出した。駒の上で鈴を左右させながら鳴らし続けていくと、駒の表面に金色の文字が浮かび上がり始めた。そして金色の文字は次のような言葉を形作った。

一角

「一角か……」

守が両腕を組んで、険しい表情になった。

「さあ、みんな後ろに下がって、聖獣の残像を引っ張り出すから」

巫女は少年たちを後退させると自分も後ろに下がって、鈴を掲げるように天井に向けて、力強く鳴らし出した。拝殿内の空間が左右に揺らいだ後、拝殿そのものがぐらりと逆さまに反転した。

「マジかよ！」猛が少し動揺している。

逆さまになった拝殿空間の祭壇に置かれた駒から勢いよく稲妻のような電流が立ち上り、一〇メートルを超す巨大な聖獣の影が浮かび上がった。

「でかい……」

みつおは逆さまの世界にふらつきながら大きな残像を目のあたりにして、茫然としている。

電流で覆われた身体。四本の足。そして、頭部から突き出た一本の長く鋭い角。突然、逆さまになった世界が反転して、元の磁場へ立ち戻ると、出現していた巨大な残像と電流も跡形もなく消え去った。拝殿内を言い知れぬ静寂が覆った。少年たちは唖然として数分間、その場に立ちつくしていた。水を打ったような静けさのなか、ひんやりとした空気が立ち込めている。

突然、「パン・パン！」という歯切れの良い音が建物の中に響きわたった。守が両手を叩いたのだ。

「さあ、みんな、打出図書館に行こうぜ」

「何しに？」

みつおが不思議そうに守の顔を見た。

「決まってるだろ。ボルヘスの『幻獣辞典』で今の聖獣を調べるためさ」

守はみつおの方を向いてにやっと笑った。

一角獣の出現、あるいは変化の兆し

みつおたちは神社を後にして、隣の打出図書館へ移動した。図書館の入口付近に設置されているパソコンを使って、守は手早く、探している本を検索した。その隣で、絵美理も本を検索している。

「ボルヘス、『幻獣事典』……場所は、戸棚一四の六―六―七か。よし、もう一冊。『動物たちの考古学』……戸棚三の一―九―四だな。みんな、ちょっとここで待っててくれ」

守はその場からさっと立ち去り、図書館奥に設置されている棚に向かった。守が立ち上がると、絵美理も後に続くように立ち上がって、図書館の文学コーナーへと歩いていった。何もすることのないみつおと猛は子供たちがたくさんいる絵本のコーナーから、やなせたかし作の『アンパンマン』を取り出して、パラパラとめくっていた。

五分ほど経過した後、守は二冊の本を右手に持って戻ってきた。守は『アンパンマン』を熱心に読んでいるみつおと猛の前に二冊の本を置いた。

「あったぞ。この二冊だ」

「ボルヘスの『幻獣辞典』とバートランド・クーパーの『動物たちの考古学』か……この『幻獣辞典』は守も持ってるよね？　去年、僕に貸してくれたのと同じ本でしょ？　ほら、ドラゴンに関する記述を読んでみろって、昨日のことのように覚えてるよ」

みつおは転校したての頃のことを懐かしく思い出しながら言った。

「そうだったな。じゃあ、あそこの長机に移動して、見てみよう」

守は図書館の海側に配置されている長机を指さした。みつおたちが長机に移動し終えると、守は話し出した。

「『幻獣辞典』によれば、一角獣は二種類に大別される。一つは西洋の一角獣そして、もう一つは中国の一角獣だ」

守はゆっくりと本のページをめくりながら読み始めた。

「それは白い毛におおわれ、紫色の頭、青い目をもち、額の真中に生えている尖った角はつけ根が白、先端が赤、中間は黒である」

「へえ、目が青いのか」とみつお。

「もっとも獰猛《どうもう》な動物は一角獣で、これは胴体は馬に似ているが、頭は牡鹿、足は象、尾は猪《いのしし》にちかい。太いうなり声をあげ、一本の黒い角が額の真中から三フィート突き出ている」守はさらに読み続けた。

「次に戦闘方法についてだが、『一角獣の角の一突きは象をも殺す』とボルヘスは説明している」

守はいったん口を閉じた。

「象を一突きか……スゲーな」

猛が唇をゆがませた。

「一角獣の敵は獅子だ。ボルヘスは韻文、つまり詩で、獅子と一角獣の対決場面をこう綴っている」

守はみつおの顔をじっと見た後、再びボルヘスの記述を声に出して読み上げた。

「獅子に似つかわしく、その王者たる力は
誇り高き反抗の一角獣にも動ずることなし」

みつおは真剣な面持ちでボルヘスの記述を反復した。

「誇り高き反抗の一角獣にも動ずることなし、か……」

「いいか、みつお。獅子のように、王者のように反抗の一角獣に動ずることなく、戦い抜くことだ。わかるか？」

守が力強い口調で言った。

「うん。わかると思う」

「よし、次は中国の一角獣について見てみようぜ」

守は再び、パラパラとページをめくった。

「中国の一角獣《麒麟《きりん》》は四種の瑞獣《ずいじゅう》のひとつである。ほかに竜、鳳凰《ほうおう》、亀がいる。この一角獣は地上に住む全部で三六五の生き物のなかで、第一の位にある。これは鹿のからだをして、牛の尾と馬の蹄《ひづめ》をもつ。額に突き出ている短い角は肉でできている。皮は背では五色の色が混じり合い、腹は褐色か黄色である」

「なるほど。竜や鳳凰と同列の神獣ってことだな」

猛が図書館の天井を見上げた。

「そうだ。じゃあ、続きを読むぞ」

守はページをめくって朗読を続けた。

「この出現は聖王の誕生を予言する。この中国の一角獣を傷つけたり、その死骸《しがい》に出くわすのは不吉である。この動物のふつうの寿命は一千年である」

「一角獣の出現は聖王の誕生を意味するのか」

みつおは考え事をするかのように右手の人差し指と中指を額に持っていった。守は続きを読んだ。

「一角獣が超自然の生き物で、縁起のよいものだということはあまねく信じられている。頌歌、年代記、偉人の伝記、非難すべからざる典拠をもつその他のテクストが、そういっている。片田舎の女子供でさえ、一角獣が幸先よい徴だと知っている」

「つまり、こういうことだな。一角獣は縁起のいい生き物だからできれば、殺さない方がいい」

猛は両手を首の後ろで組んだ。

「うん。もしできることなら、殺さずに倒した方がいい」

守が『幻獣辞典』を机の上に静かに置いた。

「八咫烏の時と同じように？」

みつおは不安そうに守の顔を見た。

「ああ、そうだ。だが、余裕があればの話だ。じゃあ、次に『動物たちの考古学』を見るぞ。この本の長所は、一角獣の全貌を科学的に説明しているところだ」

守は『動物たちの考古学』を右手に持って、一角獣について記されている箇所を探し出し、しばらく黙読した。

「みつお、この本はおまえの役に立つぞ。この本には、一角獣の弱点が記されている」

「弱点？」みつおは両目を細めた。

「順を追って説明するからな。単角や奇数角を有する動物はきわめて稀な存在なのさ。だから、一角獣は数少ない聖獣だと言える」

「うん。それで？」みつおは続きを催促した。

「鹿のような二角獣は体が左右対称に構成されている。だから、左右のバランスをとりながら、動く。つまり、力を二分割して動くわけだな。二角獣と比較すると、一角獣はバランス感覚が悪い。つまり、左右に動きを揺さぶられる攻撃が苦手なのさ。この点はおれもイヤというほどわかる。なぜなら、おれの操る有角の狛犬も一角獣の端くれだから」

「なるほど」

みつおはリュックから小さなノートとボールペンを取り出して、守が言ったことを書き留めた。

「一角獣は左右に揺さぶられる攻撃が苦手」

「そして無防備な存在でもある。鹿と同じように。だから、一角獣は退路をふさがれると身動きが取れなくなるらしい」

守はみつおがノートにメモをとるのをしばらくの間待った。

「守、続きをお願い」

「最後に、一角獣の最大の欠点は角の損傷が致命的になるということだな」

「もっとわかりやすく説明しろよ」

猛がイラついた。

「要するに、一角獣はスペアタイヤなしで砂漠を横断する車やバイクのような存在だと思えばいい」

「じゃあ、角を破壊すれば一角獣を完全に倒すことができるっていうこと？」

みつおはノートを取りながら、守に訊ねた。

「その通り。角を破壊すれば完全に一角獣を仕留めることができる。だが同時に、角を破壊してしまうと獣を再生させることはできなくなる」

「うーん。難しい問題だな」

猛が眉間に皺をよせながら、両目を閉じた。

「そうだ。バトルの状況に応じて選択しなければならなくなるだろう。みつお、おまえの戦う一角獣が強すぎる場合は、躊躇せずに、角を破壊して倒せ。おまえとショコラが生き残るために。仕方ないさ。だが、もし、戦況に余裕があるようだったら、退路をふさいで心臓を叩け。そうすれば、一角獣を殺さずに倒すことができる」

「心臓が止まっても再生できるのかな？」

みつおは半信半疑の様子だ。

「おそらく大丈夫だろう。一角獣は神獣だ。角さえ損傷していなければ、数時間後か数日後に必ず息を吹き返すはずだ」

「わかった。退路をふさいで心臓を叩け……だね」

みつおは一字一字熱心にノートに書き留めた。

「みつお、念のためにこの本を借りておいたらどうだ？」

守は『動物たちの考古学』をそっとみつおに手渡した。

「うん、そうする。研究してみるよ。守、ありがと」

みつおは本を両手でしっかりと掴《つか》んだ。守の話が終わるや否や、今度は絵美理が本を二冊抱えて、みつおたちが座っている長机までやってきた。

絵美理は机の上に二冊の本を並べた。一冊はルイス・キャロルの『鏡の国のアリス』で、もう一冊は村上春樹の『世界の終りとハードボイルド・ワンダーランド』だった。みつおがぎょっとして絵美理に訊ねた。

「でも絵美理、これって二冊とも小説じゃない？」

「そうよ。これら二冊の小説の中に、一角獣が登場してるから、みんなで見てみようと思って」

「あ、そういうことね」

みつおは納得したように右手をパチンと鳴らした。

「じゃあ、まず『鏡の国のアリス』に出てくる一角獣から見てみるわね」

絵美理はルイス・キャロルの小説を開いて声に出して読み始めた。

「その人ごみのまんなかでは、ライオンとユニコーンが戦っていました。二ひきが巻き起《まお》こした砂《すな》ぼこりがあんまりすごかったので、最初アリスには、どっちなのか見分けがつきませんでした。しかしまもなく、とがった角が見えたので、そっちがユニコーンだとわかりました」

「なるほど。ボルヘスの記述と同じように、一角獣の宿敵は獅子なわけだ」

猛が右足を左足の上で組みながら言った。

「『鏡の国のアリス』はアリスが見た夢のお話。つまり、現実とは異なるもう一つの世界での話なわけ。そこに一角獣が現われる。そして、この小説はチェスゲームで成り立っていて、登場人物は白と赤に大別されている」

「ちょっと待って。それって、この前、鞍馬天使が言ってた話と似てるよね。逆さまの世界に住む一角獣と将棋の駒。うまく理論立てて話はできないけど、一角獣を取り囲む世界像みたいなものをこの物語は伝えているね」

みつおが言った。

「そうね。じゃあ、次は『世界の終りとハードボイルド・ワンダーランド』に登場する一角獣ね」

絵美理は村上春樹の本を手にとって朗読した。

「彼らの額のまん中から伸びる一本の長い角だけが、どこまでもしなやかな白色だった。そのあやういまでの細さは、角というよりは何かの拍子に皮膚を突き破って外にとび出たまま固定されてしまった骨の破片を思わせた。角の白さと目の青さだけを残して、獣たちはまったくの金色に変身していた」

「金色の獣。青い瞳そして白い角か」

守が瞳を閉じて、一角獣の身体的特徴を反芻した。

「この物語の一角獣はほとんど戦わないけど、これらの獣もやっぱり、もう一つの世界に住んでいる」

「並行世界だな」と猛。

「この小説はハードボイルド・ワンダーランドと呼ばれる現実世界と世界の終りと呼ばれる並行世界という二世界で成り立っている。主人公は現実世界ではボルヘスの『幻獣辞典』の中の一角獣の記述を読み、並行世界では金色の一角獣たちのいるそばで生活をするっていう設定で物語は進んでいくの」

「そうなんだ。じゃあ、今の僕らの状況に似ているわけだ。現実の世界で、僕らはボルヘスの本を開いて一角獣について調べている。そして、並行世界では近い将来、一角獣と戦うことになるだろうから」

みつおが真剣な表情で仲間たちに向かって熱弁した。

「おそらく、そうなるだろう。じゃあみんな、今日はこのあたりでお開きにしようか」

守が締めくくった。

「さあ、帰ろうぜ」猛がさっと立ち上がった。

少年たちは打出図書館から出た。秋の空は鮮やかな紅色に染まっている。

「じゃあな、みつお」

双子の兄弟が別れのあいさつをした瞬間、みつおは即座に一つ提案した。

「ねえ、みんな。もしよかったら、打出天神社でお参りをしてから、帰らない？」

「お参り？」猛がびっくりしている。

「そう。これから始まりゆく一角獣との戦いに無事勝利できるように。そして、僕たち全員と一角獣とその仲間の聖獣使いたちも誰もが死なずに済むように」

「祈りね」

絵美理は目の前に広がる道路を通り過ぎる一台の白い車を見た。

みつおたちは再び打出天神社の境内に入り、二体の狛犬を通り抜けて、拝殿の前まで進み出た。みつおは五円玉を幾つか賽銭箱に投げ込んだ。その後、少年たちは二礼・二拍・一礼をおこない、両手を合わせて祈った。少年たちが祈りを捧げている間、どこからか二匹の蝶が現われた。一匹は黄色のヤマキチョウで、もう一匹は紫色のオオムラサキのようだ。黄色い蝶は白い涎かけをしている有角の狛犬の角の上に静かにとまり、もう一匹の紫色の蝶は無角の獅子の頭の上に鎮座した。神社の上に広がっている秋晴れの空を龍の形をした細長い雲がゆるやかに通過していった。静かに流れゆく時のなかで成長していく少年たちに変化の兆しが見え始めていた。一角獣の出現を契機にして。

陽光が照らすもみじと観音堂

図書館で一角獣を調べてから、一夜明けた。みつおはショコラと日曜日の朝の散歩から帰ってきた後、浮かない顔をして朝食を食べていた。クロワッサンとオレンジジュースそして、食後のリンゴ。どれも母茂子が用意してくれたみつおの好物ばかりだ。だが、少年はぼんやりと天井を見ながらふーっとため息をついた。みつおのそばに座っているショコラはじっとみつおの様子を窺っている。その時、リビングに茂子が入ってきた。

「みっちゃん、ごはん食べてゆっくりしたら、お墓参りに行きましょう！」

茂子は沈みがちの息子を元気づけようとして言った。

「うん、いいよ。お墓で手を合わせてご先祖様を崇《あが》めるのも悪くないね」

「そーよ、みっちゃん。お墓の中にいる龍犬さんに祈りを捧げましょう。ね？」

茂子は半分冗談・半分本気で言った。

「うん、そうする。ショコラも連れてっていい？」

「もちろん。オッケー牧場よ！」

茂子は右手でグーサインを出した。

ショコラはすでに成犬になっていた。大きさは柴犬と秋田犬の間ぐらいで、いわゆる中型犬サイズだ。あいかわらず、白い毛並で背中にラクダ色の日本地図のような模様が走っている。目の色は緑がかった茶色だが、時には緑がかった灰色に見えることもある。みつおや茂子がショコラを連れて散歩していると、よく「紀州犬ですか？」とか、「白くてきれいなワンちゃんですね」と褒められることがあった。茂子はそのことで気をよくすると同時に、ご近所に血統書付の犬がひしめいている中、紀州犬、柴犬、ダルメシアンなどのミックス犬であるショコラのことを不憫に思って、ショコラを一日に二度、庭に出して、ブラッシングしてやっていた。茂子は庭の海側にショコラを座らせて、金具とプラスチックの二種類のブラシを使って白い犬の毛並を整えてやるのだ。ショコラの毛並をブラッシングしている間、しばしば茂子は下手から上昇してくる海風と、上手から吹き下りてくる山風を感じとることがあった。自分たちのまわりに蝶やとんぼ、蜜蜂などが旋回することもよくあった。みつおにとってだけでなく、茂子にとってもショコラはなくてはならぬ存在になっていた。いわば、白い犬は親子に安らぎを与えるだけでなく、神坂家にとって守り神のような役目も担い始めていたのである。

みつおと母親は白い犬に淡い水色のリードをつけて玄関から出た。茂子は墓に供えるための花を両手に掲げており、みつおが犬のリードを手にしている。ショコラは率先して小走りに歩き出した。神坂親子はスロープを下って、門を開けて、お墓に向かって歩き始めた。神坂家のお墓は家から徒歩三分ほどのところに位置している。赤い涎掛けをつけた六地蔵様が安置されている真上が墓地になっており、お墓の後方には観音堂が屹立している。みつおは毎日のように、観音堂へ犬の散歩で行っているが、お墓にはそれほど頻繁に行ってはいなかった。みつおたちは六地蔵を通り越して、その横にある傾斜の急な石段を上った。ショコラは猛然と階段を駆け上がっていく。みつおと茂子は必死にその後ろについて上がっていった。

みつおは水汲み場に設置されている金属のバケツに水をくみ、杓子を一つ持って、犬と一緒に神坂家の墓石のところまで進んだ。神坂家の墓石は観音堂に近い上段の道路側に配されている。みつおと茂子は先祖の墓石の前にたどり着くと、雑草を刈り取り、墓石に杓子で水をかけて綺麗にして、古い枯れた花を取り去り、新しい花を添えた。二人が墓を掃除している間、ショコラは傍の雑草の中から食べられる草を見つけて、笑顔でムシャムシャと食べていた。墓地の右手奥にある山ノ手中学校の方角からブラスバンド部に所属する生徒がクラリネットの音階練習をしている音色が聞こえている。二人はショコラが後方に立つなか、神坂家の墓石に向かって両手を合わせて祈った。ショコラの頭の上を一匹の赤とんぼがゆっくりと通り過ぎていった。

神坂親子はその後、白い犬に先導されながら観音堂まで登った。観音堂はあたり一面もう秋めいており、紅葉が絨毯のように地面を覆っている。

「お母さん、もみじがきれいだね」

みつおは紅葉に染まった観音堂のまわりを見渡した。

「そうね」

茂子が頷いた時、空から一枚のもみじが舞い降りてきた。茂子はすかさずそのもみじを空中でキャッチした。茂子が掴み取ったもみじは陽光を受けて、赤く輝いた。

「陽光が照らす紅葉と観音堂」

茂子は、写真が一瞬の情景を切りとるがごとく見事に一句詠んでみせた。

「お母さんはほんと、俳人みたいだね」

みつおが感嘆した。

「日々、精進してるおかげよ」

茂子は誇らしげに胸を張った。

「じゃあ、みっちゃん、ショコラ、帰りましょうか」

茂子が息子と白い犬に右目でウインクして合図を送った。

「うん、そうしよう」

「みっちゃん、お昼はオッケー牧場・シーチキン味チャーハンよ！」

「いいね、それ！」

みつおはウキウキしてショコラと一緒に歩き出した。

六地蔵に手を合わせた後、神坂親子は白い犬にひっぱられながら、坂道を下って家路を目指し始めた。いまだ陽光が観音堂と墓地を照らし続けている。裏山からは先ほどのクラリネットが音階練習をする音色が鳴り響いていた。

水面歩行を修得せよ！

秋も深まり始めたある日曜日の早朝、みつおはショコラを連れて小学校のグラウンドに向かった。少年と白い犬がグラウンドにたどり着くと、スタンドの前に闘心《とうしん》が瞳を閉じて立っているのが見えた。

「闘心さん、おはようございます」

「神坂君、おはようございます。ひさしぶりですね。元気にしていましたか?」

僧侶は笑顔を浮かべながら、みつおとショコラのいるところまで歩いてきて、少年に手を差し伸べた。二人は固く握手をした。まるで戦友がひさしぶりに再会したかのように。ショコラも背の高い僧侶を見上げて、尻尾を振った。闘心はしゃがんで白い犬の頭を右手でやさしく撫でた。

「ショコラ、君も元気そうですね」

「おかげさまで、僕らは元気です。で、今日から修業再開ですか?」

　みつおははりきって訊ねた。

「まあ、そんなとこです。じゃあ、行きましょうか」

「どこに?」

「足矢浜に」

　僧侶は黒いハイブリッドカーにみつおとショコラを乗せて、車を発車させた。車の左右のスピーカーからスティングの歌う「イングリッシュマン・イン・ニューヨーク」が小音で流れていた。車は早朝の足矢の町を川沿いに走り抜け、浜辺に到着した。僧侶は百円パーキングに車を駐車した。その後、闘心とみつおは白い犬を連れて堤防沿いに歩いて足矢浜に到着した。早朝の足矢浜は無人で海鳥の群れが波打ち際に浮かんでいる姿だけが広がっている。二人は柔軟体操をした後、呼吸を整えながら、一連のゆるやかな動作をおこなった。水をすくい上げるポーズ、波のポーズ、鳥が羽ばたくポーズ……。両手を胸の前で合わせて大きな呼吸を繰り返し、二人はしばらくの間、瞑想をおこなった。全ての動作を終了させた後、みつおは闘心に訊ねた。

「今日からはどんな戦い方を学ぶんですか?」

「君に戦い方を教えることはもうありません。一年前、君は見事に私を打ち負かしたではありませんか」

「じゃあ、今日から何をするの?」

「神坂君にこれから修得してもらいたいことがあるのです。では、まず私がやってみせますね」

闘心は草履を脱いで裸足になった。そして、深呼吸した後、右手の親指と中指を立てて印を結び、波打ち際へと進んでいった。みつおとショコラは静かに闘心の一挙一動を見つめている。背の高い僧侶は静かに波打ち際の水面に右足を乗せ、続けて左足を上げた。

「え、マジで？」

闘心の行動を見ていたみつおが驚きの声を発した。それもそのはずだ。闘心は波打ち際の水面の上に立っていたのである。僧侶はそのまま沖に向かって静かに歩き始めた。闘心が一歩足を進めるごとに水面に美しい波紋が浮かんでは消えた。闘心は水鳥の群れの間を抜けて前進しやがて、方向転換して波打ち際に戻り始めた。再び水鳥の群れの間を通って、波打ち際に到着した闘心はゆっくりと両足を水面から浜辺に下ろした。海水は緩やかに寄せては返していた。

「すっげー。闘心さんが僕に教えたいことって水面を歩くことなんですね」

「そうです。神坂君、君はこれから異次元の戦いへと進んでいくことになる。ですから、君に一つの次元からもう一つの次元へと境界線を移行できるように、水面上を行き来する能力を獲得してもらいたいわけです。その昔、お釈迦様やキリストが水面を音もなく歩いたように」

「具体的にどうやればいいいんですか？」

「今私がやったのと同じようにしてください。ただし答えは自分で見つけなければなりません」

「とりあえず、やってみます」

みつおは裸足になって右手で印を結び、波打ち際に向かった。僧侶がやったのと同じように、右足を水面に乗せ、左足を上げた。一瞬、少年は水面に乗れそうになったが、あえなく水の中にそのまま身体が沈んでしまった。

「くっそー」みつおは悔しそうだ。

少年は何度も水面に立とうと試みた。だが、結果は同じだった。身体がそのまま海水の中に沈んでしまうのだ。

「こんなのムリ……」

みつおは水の中で弱音を吐いた。波打ち際で落ち込んでいるみつおのもとにショコラが近寄ってきた。

「こら、ショコラ。ジャマすんなよ。僕は今、忙しいんだ」

みつおはむっとしながら白い犬に言った。波打ち際に到着したショコラはゆっくりと右前足を水面に乗せた。

「ショコラ、やめとけ。おまえじゃムリ！」

みつおがショコラのことを軽く見て言い放った直後、白い犬は水面に静かに立っていた。

ショコラはそのまま沖の方角に静かに歩いていく。白い犬が一歩足を進めるごとに、水面と白い足の間に美しい波紋が浮かび上がった。やがて、ショコラは方向転換してみつおのそばに戻ってきて、浜辺に四本の白い足を静かにおろした。

「そんな……できないのは僕だけ？」

みつおは半泣きになりながら、何度もチャレンジしたが、水の中に身体が沈んでしまうのだった。その横でショコラは何度も水面をゆるやかに歩いて見せた。白い犬は飼い主にベロンと舌を見せながら微笑んだ。

「急がなくていいのです。第二の聖獣使いとの戦いに間に合えばいいのですから」

闘心はみつおを慰めるように言った。


みつおは意気消沈して家路につき、落ち込んだままぼんやりと一日を過ごした。夜ごはんを食べた後、みつおは茂子に足矢浜での出来事を話した。茂子はみつおの話に耳を傾けた後、口を開いた。

「みっちゃん、呼吸と歩行とを同調させなきゃダメよ」

「頭ではわかってる。でも、実際にはできないんだ」

少年は母親に愚痴った。

「ちょっと待っててね」

茂子は立ち上がると、台所に行って、卵パックを持って戻ってきた。

「お母さん、もう夜ごはんは済んだよ」

みつおがからかうように言った。

「違うのよ、みっちゃんも卵を二列にして床に並べるの手伝って」

茂子はリビングの床に卵を二列にして並べ始めた。みつおも母親と一緒に卵を並べた。

「これどうするの？」

みつおは不思議そうな顔をした。

「みっちゃん、見ててね」

茂子はゆっくりと右足を卵の上に置いた。

「お母さん、卵がもったいないからやめてよ！」

みつおが度肝を抜かれて叫んだ。

「オッケー牧場よ！」

茂子はみつおに右手でVサインを出しながらそのまま左足を反対側の卵の上に乗せて、平行に並んだ二つの卵の上に静かに立った。そして、そのまま卵の上をゆっくりと歩いていき、床に着地した茂子の様子を見ていたショコラが同じように二列に並んでいる卵の上に立ちそのまま卵の上を歩ききった。みつおは再び半泣き顔になってぼやいた。

「えー、そんなー」

茂子とショコラは顔を見合わせてにやりと笑った。

山ノ手中学の怪奇現象

秋の紅葉が枯葉に変わり始めた金曜日の放課後、守は新聞記事を収集したクリアファイルを手にして、みつおたちを小学校のコンピュータールームに集めた。守はパソコンの画面を立ち上げながら言った。

「今日みんなに集まってもらったのは、おれたちが四月から入学することになる山ノ手中学校に関する怪奇現象を検証するためだ」

「怪奇現象？」みつおは眉間に皺をよせた。

「そうだ。おれはこの怪奇現象が例の一角獣の存在と関連していると踏んでいる。じゃあ、具体的に見てもらおうか」

守はファイルを開いて、新聞記事の切り抜きを取り出し、机の上に置いた。みつお、絵美理そして猛は新聞記事のまわりに集まって読み始めた。記事は昨年の晩秋のもので次のように記されていた。

山ノ手中学校に多発する立ち眩み現象
─立ち眩みと怪奇体験の隠れた繋がり─

足矢市立山ノ手中学校では最近、生徒たちが立ち眩みを被って失神する現象が多発している。驚いたことに昨日までで一〇二人もの生徒が倒れているのである。立ち眩みで倒れた生徒のなかで大事に至ったものは一人もおらず、みな回復して元気に登校している。この現象が勃発し始めた当初は、季節外れの熱中症と見做されていたが、秋も深まり冬の到来が差し迫った今日においてもまだこの現象が生徒たちの間で続いているため、中学校側は熱中症説を撤回した。立ち眩みの症状を訴えた生徒たちに当社が事情聴収してみたところ、三つの共通した傾向が確認された。

第一に、立ち眩みがした瞬間に、天と地がひっくり返ったような逆さまの感覚に襲われた。

第二に、立ち眩みに襲われている時、巨大な蛇や蝙蝠の影を見たような気がしたり、大きな動物が歩く地響きを聞いたような錯覚に陥った。

第三に、突き飛ばされるような大きな圧迫感を感じてその場に倒れた。これら三つの兆候は一〇二人全ての学生に観察されたのである。同中学校の校長と教頭はこの現象の原因を突きとめるために、夜警パトロールのチームを結成して、昼夜問わずパトロールを実地した。その結果、校長と教頭を含めたパトロールチーム八名は夜中の学校の廊下を警備して回っている間に、生徒たちと同じ症状を被り失神し、救急車で病院に運ばれ、意識不明の昏睡状態が三日三晩続いたのである。現在も、前述の八名は山ノ手病院に入院中であるが、意識はすでに回復しており、体調も順調に回復しつつある。八名とも、生徒たちと同じ三つの症状に襲われて失神したのである。

目下、この立ち眩み現象は中学校の裏山から流れてくる山風と関連があるのではないかと推測されている。また、生徒たちが見た巨大な動物の影や幻聴も裏山に住む動物が校内に姿を現わしたことに起因しているのではないかと推定されている。目下、足矢市教育委員会が地元警察と連帯して、原因究明のため調査をおこなっている最中である。

「うーん……」

記事を読み終わった猛が腕組みをして唸った。

「これは間違いなく第二の聖獣使いと関わりのある事件ね。多分、霊感の強い生徒たちが聖獣使いたちの霊力を察知してその霊圧で倒れたんだわ。そして、逆さまの感覚は、例の一角獣の存在と結びついていると私はみた」

絵美理は新聞記事に目をやりながら分析した。

「おれもそう思う。おそらく、一角獣が山ノ手中学の中に次元を異にするもう一つの並行世界を構築していく最中に、その霊力の余波を受けた生徒たちが倒れたんだろうな。みつお、おまえはどう思う？」

　守はみつおを見た。

「僕もそう思う。絵美理や守みたいに理路整然と説明できないけど、そう感じるんだ。この記事を読むと一角獣とその仲間たちの姿が浮かび上がってくるみたいに感じる」

「おれも感じるぜ、この記事からすごい霊気をよ」

　猛も勢いよく椅子から立ち上がった。

「巨大な大蛇と蝙蝠の影。まさしく聖獣使いが操る聖獣の姿そのものじゃねーか。なんか、おれはわくわくするぜ。血がたぎるっていうかさ。バトルがおれたちを待ってるっていう感触がする」

「僕はイヤだなー。平和に中学生活を送りたいよ」

　みつおがへの字口をした。

「みつお、おまえが白龍使いである限り、戦いは避けられない。だとすれば、最善をつくして敵の情報を収集し、分析することが必要なんじゃないか？」

　守は真剣な眼差しでみつおを見据えた。

「わかってる」みつおはしぶしぶ頷いた。

「で、おれが集めたもう一つの情報だ。中学生たちの言う、巨大な動物の影をインターネットで検索してみたんだ」

　守は目の前のパソコンの検索画面にキーワードを打ち込んだ。すると、画面上に投稿された巨大な蛇の影と蝙蝠の影が映し出された。

「うわあ、リアルだね。寒気がする」

みつおはぶるぶるっと震えた。

「お次は、例の足音だけどな、残念ながら本体に関する視覚情報は見つからなかった。けどその代わりに、面白い画像を見つけたぜ」

守はすばやくキーボードに文字を叩き込んだ。パソコンの画面に上から見下ろした山ノ手中学校のグラウンドの画像が映し出され、そこには幾つかの巨大な動物の足跡がはっきりと見えていた。

「でけえ……」猛が驚きで目を見開いた。

「熊の足跡かしら？」

絵美理は画面を注視した。その時だった。パソコンルームの全ての電灯がパッと消えて、教室内は暗闇に閉ざされた。パソコン画面は真っ白に発光し、画面内から数体の巨大な蝙蝠の影が風のように立ち現われた。それらの影はみつおたちのまわりをグルグルと回り始め、攻撃のチャンスを窺っている。その姿はシェイクスピアの『マクベス』に登場する三人の魔女たちがマクベスのまわりを取り囲みながら旋回する場面のようだ。

蝙蝠の影たちの動きを読みながら、みつおが右手で印を結んで立ち上がろうとした時、猛がみつおの右肩をぐっとおさえた。

「みつお、ここはおれにまかせろ」

猛はランドセルから笏を取り出して両手でそれを胸元に掲げ、グルグルと旋回している巨大な蝙蝠の影たちに向かってゆっくりと歩み始めた。

「猛、危ない！」みつおが叫んだ。

「みつお、大丈夫だ。猛を信じろ！」

守がみつおに向かって微笑んだ。

猛は自分のまわりをものすごいスピードで旋回している蝙蝠の影たちに対して、瞳を閉じて呪文を唱え始めた。

「足矢神社の御前にて、かしこみ、かしこみ。払いたまえ、清めたまえ、立ち去りたまえ、払いたまえ、清めたまえ、立ち去りたまえ！」

猛が二度呪文を繰り返すと、笏から一筋の赤色のまばゆい閃光が発せられ、その赤色の光は少年のまわりを旋回している巨大な蝙蝠の影たちを照射した。

「キイイイ！」

まばゆい赤色の光に照らし出された数羽の蝙蝠の影は断末魔のような声をあげて、そのまま天井へと消え去った。幻獣の影が消え去ると、コンピュータールームは元の明るさを取り戻し、教室内は何事もなかったかのように穏やかさを取り戻した。パソコンの並んだ教室内にしばしの間、沈黙が流れた。

「立ち去ったな」

猛が右手に携えた笏をゆっくりと下ろした。

「ええ」

絵美理も椅子から立ち上がり、みつおと守も立ち上がった。数々の幻影は消え去り、教室は完全に元の姿を取り戻していた。だが、パソコン画面内にはいまだ、蝙蝠の影たちがグルグルと旋回し続けていたのである。

コンピュータールームの窓からは小学生たちがサッカーをする陽気な声が聞こえていた。みつおたちはその平和な声に耳を傾けながら、パソコン画面内で旋回し続ける複数の幻獣の影をぼんやりと見つめていた。

粉雪に想いをはせながら

小学校最後の数カ月をみつおはショコラと一緒に静かに過ごしていった。冬が到来し、やがてクリスマスが訪れた。一二月二四日、ちらちらと雪が降り始め、足矢の街に五〇センチほど雪が積もったのである。

みつおはショコラを連れて真っ白に彩られた庭を歩いていた。ショコラは勇ましげに白い絨毯のように輝く雪の中に足跡をつけながら進んでいく。前庭に植えられている二本の梅の木も雪で白く色づけられていた。ショコラはお気に入りの梅の木の横を力強く通り過ぎた。白い地面にショコラの足跡だけが広がっていく。みつおは雪の中を笑顔で歩き回る白い犬の姿を見つめながら、昨年の秋の戦いの情景を思い出していた。そう、絵美理の操る双蝶とロシア娘アリーナの用いる白蛾の戦いの光景を。

二人の少女が壮絶に戦うなか、秋晴れの空に突然、真っ白い粉雪が降り注がれたあの景色をみつおは思い起こしていた。金髪の少女はその雪を《サンクトペテルブルクの雪》と呼んだ。寒気が漂うなか、大きな雪の結晶が真っ白い巨大な蛾から投射されていったあの情景……絵美理の繰り出す真っ赤な炎とアリーナの放出する真っ白な雪のブリザードが交錯し、並行世界全体が幻想的な空気に包まれていった……。

みつおは閉じていた瞳を開け、白い犬が雪降るなか、ゆるやかに庭を歩く姿を眺めながら、ぼんやりと仇敵に想いをはせた。神獣八咫烏を操る鞍馬天使、まだら蜘蛛《くも》使いの蜘蛛矢《やじ》、黒カマキリ使いの残次《ざんじ》そして、雪蛾使いのアリーナたちのことを……。

「彼らはみんな元気にしているのかな？」

みつおは思わず独り言を言った。すると、何かが雪一面の上空からみつおの家に向かって急降下してきた。

「あ、八咫三郎！」

舞い降りてきた三本足のカラスは静かにみつおの右肩の上にとまった。カラスは氷雪を受けて頭と両翼全体が真っ白になっている。みつおは右手の親指でカラスの頭をやさしく撫でた。

「そうだね。きっとみんな元気にしてるんだろうね。おまえみたいにさ」

少年はカラスに笑顔で話し続けた。

「ねえ、八咫三郎。もしかしたら、この雪はサンクトペテルブルクから来た雪かもしれないよね？」

三本足のカラスはじっとみつおの顔を覗き込んだ。カラスの灰色の両目が一瞬、青色に輝いたかのように見えた。みつおはそれ以上、何も言わずカラスと共に庭の中を歩き続けるショコラに目を向けた。

みつおはあたり一面に舞い降りる雪の結晶の一片を右手のひらに受け止めた。雪の結晶はみつおの右手のなかで踊るように揺らめきそして、静かに消えた。ショコラは立ち止まった。白い犬はおもむろに天を見上げた。少年とカラスも、白い犬が見つめている上空を見上げた。三人は寒さを忘れて、雪の舞い降りてくる空を注視していた。ロシアから来た少女が降らせたあの真っ白な雪景色と、今、眼前に広がっている雪景色とを重ね合わせながら。みつおたちの視覚の中で、過去の雪と現在の雪が重なり、揺らめきながら踊っていた。近隣の家から小音量でワムの歌う「ラスト・クリスマス」が聞こえてきた。

「ショコラ、八咫三郎、見てみろよ！」

みつおは左手で山の方の上空を指さした。

勢いよく降り注がれる雪で視界が遮断されているなか、白い大きな蝶のような影が上空を通り過ぎたかのように見えた。少年とカラスと白い犬は目を凝らしてもう一度、山の方を見た。だが、そこにはもう白い蝶のような残像は見当たらなかった。

ジョージ・マイケルの歌うクリスマス・ソングが凍えるような足矢の雪景色の中で深々と響いていた。みつおとショコラと八咫三郎はいつまでも立ちつくしていた、サンクトペテルブルクから届いたかもしれない、ひそやかな粉雪に想いをはせながら。

大きな紺ブレの袖に腕を通して

静かな正月を迎えた後、みつおの小学校生活は終局へと向かっていった。みつおはいつも通り小学校から戻ると、ショコラを連れて散歩に出かけた。すでに生徒の少なくなっている小学校のグラウンドを通りすぎ、その隣にある中学校のグラウンドのそばをみつおはショコラと一緒に歩いていた。少年と白い犬は授業を終えて下校し始めた中学生のグループとすれ違った。中学生たちはそれぞれ好みのマフラーや手袋などをつけているが、その点を除けば、統一された制服を着ている。左胸に学校の紋章が施された紺のブレザーに灰色のズボンという組み合わせの、いわゆる紺ブレスタイルの制服姿だ。中学生たちは紺ブレの中は白いシャツに青いネクタイをしめており、靴は学校指定の革靴を履いている者もいれば、ナイキやニューバランスなどの白い運動靴を履いている者もいる。女子学生たちも男子生徒と同じ紺ブレに灰色のスカートを履いており、白いシャツの中心点にはネクタイの代わりに、ブルーの大きなリボンをつけている。靴は男子生徒と同様、学校指定の革靴を履いている女子もいれば、白いコンバースやプーマの靴を履いている者も見受けられる。もちろん、彼女たちの多くも防寒対策を口実にしてマフラーや手袋をつけているが、男子生徒とペアを成す制服を着ているのは一目瞭然だ。みつおはまぶしそうに中学生たちの制服姿に見とれていた。

「ショコラ、僕も四月からあの紺ブレにブルーのネクタイをしめて中学校に通うんだよ」

みつおは胸をはって白い犬に話しかけた。ショコラはとぼけた表情で、意気揚々としているみつおに緑がかった茶色の瞳を向けた。中学生の下校に混じって少年と白い犬はその場からゆっくりと立ち去った。二人が通り過ぎた後、一月の冷たい風が小学校と中学校の間の路地を通り抜けていった。

　みつおは茂子が用意したオッケー牧場・特製グラタンがオーブンで焼き上がるのを待ちながら、今日散歩の時に見た中学校の制服について語り始めた。

「ねえ、お母さん。今日、ショコラの散歩の途中に中学校のそばを通ったんだけど、みんな紺ブレの制服を着ているのを見たよ。僕も四月からあれを着ることになると思うんだけど、いつ買うの？　入学式の前、それとも後？」

　みつおは母親を真剣な眼差しで見つめた。茂子はさっと立ち上がった。

「みっちゃん、ちょっと待っててね。すぐ戻ってくるわね」

「え？」みつおは不思議そうな顔をした。

「一分〇五秒よ！」

　茂子はリビングから飛んで消えていった。


　それから一分半ほど経過した後、少年の母はきれいに包装されたブレザーとズボンの対を持って現われた。

「あった、あったわよ！」

　茂子は制服のような衣服を両手に持ちながら、勝ち誇ったように叫んだ。それは山ノ手中学校の制服だった。紺ブレに灰色のズボン。白いシャツに冴えわたるブルーのネクタイ。

茂子は衣服をリビングのドアに掛けた。みつおとショコラは吊るされた制服に近づいていった。

「お母さん、これって……」

「そうよ。中学校の制服よ！」

「もしかして、この紺ブレは……」

　少年が言いかけると、母親は息子の気持ちを察して手際よく説明した。

「そうなの。お兄ちゃんが着ていた中学校の制服。お古だけどきれいでしょう？　みっちゃん、よかったら袖を通してみない？」

「うん！」

少年の顔が喜びで高揚した。

みつおは早速、兄が着ていた制服を試着してみた。ブルーのネクタイをしめるのだけはてこずり、茂子に手伝ってもらったが、ズボンやブレザーはすんなりと着用することができた。ショコラは試着し終えたみつおのそばによって、ズボンやブレザーの匂いをくんくんと興味ありげに嗅ぎまわっている。少年にまとわりつく白い犬の姿を観察しながら、茂子がコメントした。

「みっちゃん、似合うじゃない！」

茂子は右手でグーサインを出した。

「ありがと。けど、サイズが大きいんだよね。紺ブレの袖で手が隠れちゃうし、ズボンは丈が長すぎるし」

少年は兄の制服を着こなすことができない小柄な自分に対して自己嫌悪感を露わにした。

「大丈夫よ。あっと言う間に大きくなって、その制服がぴったりになるわよ！」

茂子はそう言ってみつおを励ました後、リビングからダッシュして飛び出し、針とクリップを持って再びリビングに戻ってきた。

「針なんか持って何する気？」

少年は眉間に皺をよせた。

「ズボンのサイズを調整しないと」

茂子はみつおの目の前でしゃがむと丈の長すぎるズボンの両裾を折り返して、サイズを合わせて針を通して固定し、念のためにクリップでズボンの裾をとめた。

「ブレザーはどうしよう?」

みつおは短い手をばたばたさせながら不安げに言った。

「袖を折り返して腕まくりすればいいんじゃない?　それで白いシャツも一緒に折り返すの」

茂子はみつおが着ているブレザーの裾を折り返し、白いシャツも折り返した。

「あ、ほんとだ。かっこいいじゃん」

みつおは感心している。

「けど、かっこつけてるとか言われてヤンキーとか上級生に絡まれないかな?」

「大丈夫よ。べつにかっこつけてるように見えないし。それにもし、絡まれたとしても別に問題ないんじゃない?　みっちゃんに勝てる中学生がいると思う?」

茂子はおじいさんのように顔をくしゃくしゃにさせながら微笑んだ。

「あ、そっか」みつおは肯いた。

その時、外国語大学でスペイン語を専攻している兄の文彦《ふみひこ》が帰ってきた。文彦は英語、国語、社会などの家庭教師をかけもちしていて、大学での勉強以外でも忙しくしているのだ。

「ただいま」

「おかえり！」

みつおは自分の制服姿を見てもらいたくてショコラと一緒に玄関に走っていった。

「おー、中学校の制服だな。いいね。その袖のまくり方とか、今っぽい感じがしてさ。で、その制服はもしかして……」

「兄貴が昔、着てた制服」

みつおは声を躍らせながら言った。

「だと思ったよ」文彦は苦笑した。

「みつお、おまえ、もうすぐ中学生になるよな？　ショコラ、なんとか言ってやってくれよ」

文彦は横でぼんやりと立っている白い犬をじっと見た。ショコラは飛び上がって、紺ブレ姿のみつおに体当たりした。ドーンという音がして、みつおはショコラの激励を受けて後方に後ずさりした。

「何すんだよ、ショコラ！」

みつおは半泣きになって犬に抗議した。

ショコラは舌をベロンと出して、へっへっへっと笑っている。文彦も茂子も少年を見ながらにやにやしていた。その時だった。タイミングよく、茂子の作ったグラタンが焼き上がるオーブンの音が家中に鳴り響いたのだ。

「チーン！」

茂子は二人の息子と頼もしい白い犬の方に自信満々の表情を湛えながら言った。

「さあ、みんな。夕食ができたわよ。今日は、オッケー牧場・特製グラタンよ！」

「やったー！」

みつおは右手でガッツポーズをした。そして、みつおたちは玄関を後にしてリビングへと入っていった。その夜、神坂家のリビングには、香ばしいオッケー牧場・特製グラタンの匂いが漂っていた。

新しい生活がおれらを待ち構えている

冬が終わりを告げ、春がやってきた。そして、みつおたちは無事に小学校を卒業した。卒業式の日、みつおたち卒業生は大講堂で校歌を歌っていた。猛がみつおの右肩をつついた。

「おい、みつお。あれを見てみろよ」

みつおは猛が指さす方向に目を向けた。そこには涙を流しながら熱心に校歌を歌う大樹《だいき》の姿が見えていた。

「大樹……、泣いてるみたいだね」

「ああ。あいつにとってもいろいろあった小学校時代だったからな」

猛が言った。

「大樹は私学の中学校に行くんだよね？」

「そうだ。有名私学らしいぜ。ま、おれらには関係のないことさ」

猛はさらりと言ってのけた。

「だよね」みつおも軽く頷いた。


卒業式が終了し、みつお、絵美理そして国元兄弟がグラウンドのバスケットゴールの前で記念撮影をしていると、大樹が近づいてきた。

「よお」

大樹は笑顔でみつおたちに声をかけた。

「大樹、卒業おめでと」みつおが言った。

「ありがと。そっちこそ、卒業おめでとう」大樹はめずらしく素直に言った。

「レベルの高い中学校で勉強するんだってな、よかったじゃねーか」

猛が皮肉っぽく言った。

「この期におよんで、当てこすりはやめにしねーか」

　大樹は苦笑いをした。

「蜘蛛矢とは連絡とってるのか？」

　守が訊いた。

「いや、けどあいつ、一週間前にひょっこりおれの前に姿を現わしやがってよ。で、おまえらに伝えてほしいことがあるんだとさ」

「何て？」すかさず絵美理が切り返した。

「《近いうちに会おう……》だってさ」

「《近いうちに会おう》、か……」

　守はうつむきながらチッと舌を鳴らした。

「じゃあな」

　大樹はくるりと背中を向けて立ち去ろうとし、三歩ほど進んだ後、再びみつおたちの方を振り返った。

「おい、おまえら……気をつけろよ」

　大樹は神妙な顔をしながらみつおたちを見て、中学校の時計塔を指さした。

「あっこから、時々、妙な霊気を感じるぜ。なんかさ、とてつもない巨大な霊気を隠してるんだけど、少しだけそれが漏れてるって感じの霊気を」

「やっぱり、気づいていたか」

　守は時計塔を見上げた。

「大樹、おまえは霊感が異様に強い。何体の霊気を感じる？　そして、どんな感じだ？」

守は大樹に訊いた。

大樹は腕組みをして瞳を閉じた。そして、少し考えてから返答した。

「はっきりと感じるのは五体。そのうちの一つの霊気はヤバいぜ。蜘蛛矢よりも、あの八咫烏使いの霊気よりもでかいだろうな」

「あと、何か感じたことはないか？　どんな些細なことでもいいから言ってくれ」

守が穏やかな声で言った。

「そうだな。何か、システムのような、ネットワークのようなものを霊気で創り上げていってるように時々感じることがあったな。うまく説明できねーけど」

大樹は再び中学校の時計塔を見上げた。

「システムみたいなものか……」

守が眉間に右手の人差し指をあてながら言葉を反芻した。

「大樹、アドバイスありがと」

みつおは大樹に対して笑顔で手を振った。

「いや、こっちこそ、いろいろありがとな……」

「大樹、またな！」猛が大声で言った。

「ああ、また会おう」

それから思い出したように大樹は言葉を付け加えた。

「向こう側の世界で……」

大樹はみつおたちに向けて右手を上げながら、静かにその場を立ち去っていった。みつおたちは大樹の後ろ姿が見えなくなるまでその背中を見守っていた。その後、みつお、絵美理、猛、守の四人は一斉に山ノ手中学校の時計塔を力強く見上げた。

「じゃあ、もう帰ろうぜ。新しい生活がおれらを待ち構えているから」

卒業証書を右手で掲げながら猛はみんなに笑顔を向けた。そして少年たちは小学校のグラウンドを後にした。グラウンドの南側に植えられている数本の桜の木々が、裏山から流れてくる春風にその枝々を揺るがせながら開花の気配を漂わせていた。

第二章

始まりを告げた中学校生活

夜桜の舞う入学式

「じゃあ、ショコラ、行ってくるね」

　中学校の制服を着用したみつおと、クリーム色の上下のスーツに身を包んだ茂子は玄関に突っ立っているショコラの頭を撫でた。そう、今日はみつおの山ノ手中学校入学式の日なのだ。二人は白い犬に見送られながらドアを閉めて、中学校に向かって歩き出した。桜の花が咲き乱れる小路を通ってみつおと茂子は中学校へと入っていった。

「はい、チーズ！」

　みつおと茂子は、近くにいた父兄に頼んで、壮麗に咲き誇る桜の木の下で、二人並んで写真をとった。

「ありがとうございました」

　茂子は写真をとってくれた人に礼を言い、デジタルカメラを返してもらった。二人はとった画像を確認した。デジタルカメラの画面には、意気揚々と笑顔で顔を輝かせながら桜の木の下に立っている、ちんちくりんの二人の姿が映し出されていた。

二人はそのまま、入学式がおこなわれる体育館へと進んでいき、みつおは生徒席にそして、茂子は父兄席に着席した。みつおは生徒席に友人の姿を探した。猛、守、絵美理が一緒に座っているのが見えた。守がみつおに気づいて、手を振った。みつおは三人が座っているところまで行って絵美理の隣に座った。その時、背後上方から凍てつくような視線を感じ、みつおは振り返った。視線を感じたのは入口の上方に掛けられている二〇〇号を超す巨大な油絵の中からだった。油絵は山ノ手中学の全体像を上空から俯瞰した姿が克明に描かれている絵画で、みつおが凍てつくような視線を感じたのはその絵の中に描かれている時計塔のあたりからだった。みつおは右手でポリポリと頭を掻いた。

「まさかね」

少年は再び前を向いて厳かな気持ちで入学式に臨んだ。

入学式は滞りなく進行していった。校長のあいさつ、在校生代表者のあいさつ、入学生代表者のあいさつ、校歌の斉唱……。入学式が終わった後、生徒たちはクラスに分かれて教室へ移動していった。父兄はそのまま体育館を退出して、先に帰った。みつおは帰っていく茂子の姿を見つけて、手を振った。茂子もみつおに右手でグーサインを出した。

山ノ手中学の新一年は全部で八クラスで構成されており、クラス名はアルファベットでAからHまでで番号付けされている。みつおは猛と同じBクラスになり、守と絵美理はDクラスになった。入学式が終わった後、新一年生たちは担任の教師の先導のもと、各々のクラスへ移動した。みつおと猛はBクラスの教室に入って並んで着席し、オリエンテーションを受けた。みつおは中学生になった猛をまじまじと観察した。猛はまた背が伸びている。もう一七〇センチを超してしまった。髪型は相変わらず茶髪で山嵐のように立てているが、小学校の時より幾分手の込んだカットに変わっている。そして驚いたことに左耳に金色の梵字の入ったピアスをしている。足元を見るとゴールドのラインの入ったプーマの靴を履いている。みつおの目には猛の服装がとてもクールに映った。他の新入生と比べると、とても個性的で差異化されている。

「猛、ピアスしたの？」みつおが訊ねた。

「おう、どうだ、似合うか？」

「うん、よく似合ってる」

みつおは感心して言った。

「おまえだって、袖を捲し上げて、カッコイイじゃねーか。気合いが入ってるな」

「え？　ああ、これね。うん、ありがと」

みつおは顔を赤らめながらしばしの間、視線を下に向けた。

「新入生のみなさん、ご入学おめでとうございます」

Bクラスの生徒たちを誘導した教師が教壇に立って話し始めた。Bクラスの担任は投川《なげかわ》進《すすむ》という名前の社会担当の教師だ。自己紹介とオリエンテーションをおこなう投川の姿を観察しながら、みつおはこの男の姿に典型的な責任回避型のサラリーマン教師像を見てとった。猛がため息をついた後、みつおに向かって小声で言った。

「こいつ、典型的なサラリーマン教師だな。ダメだな、こりゃ」

「うん。そんな感じがするね」

みつおも相槌を打った。

オリエンテーションが終わり、新一年生たちはみな下校し始めた。みつおと猛は母校である小学校のグラウンドが見渡せる第一校舎の前に植えられている桜の木の下に立っていた。この地点で守と絵美理と合流することになっていたのだ。満開の桜の木に寄り掛かりながら、二人はぼんやりと小学校のグラウンドを眺めていた。二人の視界にはグラウンドの南端に設置されたバスケットゴールのリングが見えている。放課後のワン・オン・ワンのゲームそして鞍馬天使たちとの死闘……。懐かしい思い出に浸りながら二人の新中学生はグラウンドを見渡していた。

「悪いな、待ったか?」守の声が聞こえた。

みつおと猛は振り返って校舎側を見た。そこに、守と絵美理が立っていた。

「いや、それほどでもないよ」

みつおは笑顔で答えた。

絵美理はさらりとした長い黒髪に合うように紺ブレを自然に着こなしていた。丈の少し長い指定のスカートを履き、ニューバランスの白いスポーツシューズを履いている。右手の人差し指に、ローマ数字が刻み込まれたシルバーの指輪をつけている。絵美理のファッションは、猛と違って自己主張の強いものではないが、自然と人目を引く上品な着こなしだ。少女の背丈は少し伸びて、一五〇センチを少し超えたぐらいに成長していた。一方、守は猛と対照をなすスタイルだ。稲妻のようなラインを三本入れた丸坊主頭で左耳には、梵字のほどこされたシルバーのピアスをつけている。ズボンは少し太めのものを履き、靴は猛と同じく白いプーマのスポーツシューズだが、双子の兄と違うところは、プーマのトレンドマークである横長に伸びているロゴの色がシルバーであるところだ。守の身長は猛と同じく、ゆうに一七〇センチを超していた。

「二人とも、制服がよく似合ってるね。それに控えめだけど、独特の雰囲気が出てるし」

「そうか」守が照れて右手で頭を掻いた。

「二人ともすごくクールでカッコイイ。腕を捲し上げたみつおと、金色のピアスにゴールドのラインのはいったプーマに身を包んだ猛。私たちの服装が〈静〉なら、みつおと猛のは〈動〉ね」

「そんなつもりはないんだけどな」

みつおは再び顔を赤らめた。

「おまえら、上級生に絡まれるぞ」

守が二人をちゃかした。

「上等だ。返り討ちにしてやるさ。な、みつお?」

猛は意気揚々と答えた。

「僕はできれば、戦いはできるだけ避けたいけど……」

みつおは神妙な顔をして言った。その瞬間、あたりは突然暗闇に覆われて、静かになり、どこからかこだまするような声が聞こえてきた。

「戦いは避けられない！」

遠くでほら貝が鳴るような音がこだました。すると、地軸が反転して校舎もグラウンドも全てが逆さまにひっくり返った。

「逆さまの世界……」みつおは冷や汗をかいた。

「入学早々、宣戦布告かよ」

逆さまの世界で宙づり状態になったまま猛がチッと舌を鳴らした。


みつおはさっと右腕にはめているセイコーの時計を見た。時刻は現在、午前一一時三七分だ。だが驚いたことに、時計の針が突然、狂ったようにグルグルと回り始めた。守が右腕につけている、カシオの電子時計もＡＭと下方に刻まれたデジタル表示の数字がものすごいスピードで時を刻んでいた。

「ものすごいスピードで時間が流れている。反転して現われたもう一つの世界に合わせるかのように」

絵美理が静かに言った。

時計の針はそのまま回り続け、唐突に止まった。みつおは時計の針の先を凝視した。時刻はひとまわりして、再び先ほどと同じように一一時三七分を表示している。守もデジタル時計の時刻を確認した。みつおと同じく電子時計の数字は一一時三七分を表示している。だが、先ほどまでＡＭ（午前）を指していた表示がＰＭ（午後）に転換されていたのだ。

「まいったな、今は真夜中前かよ」

猛が両目をぎらつかせた。そして、地軸は再び回転し、元の位置へと戻った。


四人は天空を見上げた。下弦の月が夜空を照らし、たくさんの星が光彩を放っている。再び、遠くからこだまするような声が聞こえてきた。

「戦いは避けられない！」

みつおはいつでも呪文を発動できるように、右手を突き出して印を結んだ。猛と守は新しい学校指定のカバンから黒い杓を取り出した。絵美理は青いリボンをとって、胸からシルバーのペンダントを取り出した。桜の木の背後を何か巨大な影のようなものが動いた。横風が起こり、桜の木々は揺れて、桜の花びらがあたり一面に舞い始めた。四人は背後に凍るよな霊気を感じて、振り返って第一校舎の壁を見た。下弦の月に照らされて浮かび上がるように輝く校舎の白壁には、幾つかの巨大な影が映し出されていた。とぐろを巻いた大蛇のような影、重なり合った巨大な蝙蝠のような影、ハサミのような二本の腕が左右するサソリのような影……。

「ドシン、ドシン、ドシン、ドシン……」

地面が振動し、左右に揺れた。暗がりに覆われた中学校のグラウンドの方角から、巨大な何かが地面を踏み鳴らして歩く足音が伝わってくる。

「あの音は……」

みつおが言いかけると、即座に絵美理が言ってのけた。

「おそらく、熊の足音ね」

「なるほど。ネットに掲載されていたあの画像はこれだったわけだ……」

猛が剣のような鋭い眼差しをグラウンドの方に向けた。

それから、四人は身体を締め付けられるような強力な霊圧を感じた。守が叫んだ。

「みつお、あれを見ろ！」

言われるままに、みつおは白く輝く校舎の壁に再び目を向けた。そこには、一本の鋭い角だけが投影されていた。一本の鋭い角だけが……。崇高な霊気を漂わせた一本の角影は風を受けたろうそくの炎のようにしなやかに揺らいだ後、さっとその姿を消した。再び他の巨大な聖獣の像が白壁に浮き彫りにされ、それらは影絵のように動き始めた。

「来るぜ！」

猛が妁を胸元にかざし、戦闘態勢を取った。その時だった。みつおたちが立っているあたりの地面に大きな鳥影が現われた。まるでナスカの地上絵のような高貴な鳥の姿。少年たちは夜空を見上げた。

「八咫三郎！」みつおは思わず叫んだ。

上空には、月の光を全身に浴びて神々しく輝く八咫烏の姿が見えていた。八咫烏はグライダーのようにみつおたちのいる地面へと急降下してきた。周辺が巨大な鳥影で満たされていく……。やがて、三本足の巨大なカラスはみつおたちの眼前に着陸した、音もなく静かに。すると、先ほどまであたり一面に充満していた複数の霊気がさっと消えた。八咫烏が現われたのに呼応するかのように、敵の聖獣たちは退散したのだ。みつおは巨大な太陽の使いに近寄り、その黒く輝く右翼に両手で触れた。

「八咫三郎……おまえ、来てくれたんだね」

敵の聖獣たちが姿を消してしまうと、あたりは静寂に包みこまれ、月と星々が中学校の校舎を淡く照らし出していた。突然、雪のように淡く輝くなにかが少年たちとカラスのもとへと降り注いできた。

「夜桜……」

踊るように舞い降りてくる桜の花びらの一片を右手で受け止めながら、絵美理は心奪われたかのように夜空を見上げた。

中学生になったばかりの少年たちと一羽の巨大なカラスは、時間軸の反転した〈もう一つの世界〉にしばらくの間、立ちつくしていた。遠くから再びほら貝が鳴り響く音が聞こえてきた。みつおたちのまわりでは、月影に照らし出された夜桜が雪の結晶のように淡い光を放ちながら静かに舞い続けていた。

国元兄弟を出せ！

「国元猛を出せ！」

　その出来事は中学生活が始まったばかりのある昼休みに勃発した。みつおと猛のいるBクラスに突然、真っ赤なポニーテール頭の一七〇センチを超す長身でがっしりした体型の新入生とその仲間たちが殴り込みをかけてきたのだ。

「誰だ、おまえは？」

　みつおと談笑していた猛は立ち上がった。

「おれはHクラスの杉山実《すぎやまみのる》だ。国元、てめえ、おれとタイマンで勝負しろ！　てめえら双子を倒して、おれが一年の頭をとる！」

　猛はハアとため息をついた。

「興味ねえな。勝手におまえが一年を仕切ればいいじゃねえか。おれには関係ねえことだ。さあ、もう、ここから出ていってくれ」

　ポニーテールの少年は机を持ち上げて窓側へ投げた。「きゃあ」とBクラスの女子生徒たちが悲鳴をあげた。机はドガーンと音をたてて窓のそばでひっくり返った。

「そうはいかねえ。てめえを倒さないと、一年の頭にしてもらえねえんだよ」

猛は両目を尖らせた。

「誰がそんなこと決めたんだ？」

「二年を仕切ってるツートップの一人、桑野《くわの》さんだ」

「猛……」みつおが心配そうに猛を見た。

「みつお、大丈夫だ」

猛は笑顔をみつおに向けた後、再び杉山を見据えた。

「もう一度だけ言う。さっき投げた机を元の位置に戻して、ここから出ていけ！」

杉山は再び、別の机を持ち上げ、猛に向かって投げた。

「おらー、がたがた言ってんじゃねえぞ。この場でてめえをしめてやる！」

机が猛スピードで猛目がけて降りかかってきた。その時、小さな影が教室内に躍動した。

みつおだ。みつおは跳躍して机を空中でキャッチし、そのまま静かに着地した。

「猛、危ないからさっさと終わらせてよ」

みつおはじっと猛を見た。

「わかった」猛は肯いた。

猛はゆっくりとポニーテールの少年のいる方へ進み始めた。猛が放つものすごい気迫にビビった杉山はがむしゃらに猛に襲いかかってきた。

「おらー」

バシッという音が教室内に響いた。猛は攻撃をくらってしまったのだろうか？　いや、そうではなかった。猛は杉山が繰り出した右手のパンチを右手だけで軽く受け止めていたのだ。次の瞬間にバタンという大きな音が教室内にこだました。猛の左足による上段蹴りが杉山の右側頭部を捉え、ポニーテール頭の少年はそのまま教室の床にうつ伏せに卒倒していた。

「すげえ！」

教室内の男子たちがひそひそと言った。

「猛、相変わらず強すぎ！」

みつおが微笑んだ。

猛は高く上げていた左足を静かに元の位置に戻した、あたかもバレリーナが上げていた足を床に戻すように優雅に。

そして、猛は杉山の仲間たちの方を鋭い目でにらみつけた。

「おい、おまえら。このちょんまげ野郎を連れてさっさと行け！」

仲間たちの一人は急いで床に倒れている杉山を背中におぶり、教室を出ていこうとした。

猛が再び口を開いた。

「二年の桑野って奴に言っとけ。いつでも相手してやるってな」

杉山の仲間たちは真っ青な顔をして、そそくさとB組の教室を後にした。みつおと猛はひっくり返っている机と椅子をすぐに元あった場所に戻し始めた。

猛が杉山に絡まれているのと同じ頃、D組の教室では、守と絵美理はチェスをしていた。正確には、守が絵美理からチェスを習っていたというべきか。小さなマグネットのチェスセットで二人はチェスゲームに興じていたのだ。絵美理が使うのは白いチェス、守が打つのは黒いチェス。守がポーンの駒を移動させようとした時、大きな声が聞こえてきた。

「国元守、出てこいや！」

D組の教卓のそばに背の高い少年とその仲間が二人立っていた。全員ガラの悪い連中のようだ。

「おれはG組の富山健介《とやまけんすけ》だ。国元守、出てきて、おれとタイマンで勝負しろや！」

守はポーンの駒を右手に持ったまま、大声を張り上げている少年を観察した。一七〇センチを超す長身。ハリネズミのように立てたブリーチによる脱色金髪。だが、中学に入学したてらしく顔に幼さが残っている。守はあくびをして、ポーンの駒を一つ前に進めた。

「おい、そこのおまえ。あくびしながらチェスなんかのんきにしやがって。ぶっとばすぞ」

守は白けた表情でハリネズミ頭の少年を見て言った。

「あ、すまないな」

守が作り笑いをしながら、あいそよく謝った。

ハリネズミ頭の少年の仲間の一人が言った。

「ケンちゃん、あいつが国元守だぜ」

「なんだと……」

ハリネズミ頭の少年はものすごい形相で守と絵美理が座っている机の方に近づいてきた。

「てめえ、いねえふりしやがって。立てや！　おれとタイマンで勝負だ！」

守は少年の顔を冷静に見据えた。

「おまえとやりあうつもりはない。今、おれはダチからチェスの駒の動かし方を学んでいるところだからな」

「ふざけんな！」

富山は机の上に並べられているチェスの駒のセット一式をひっくり返そうとして右手を振りかざした。その直後にバシッという音がして、教室が静まりかえった。

「チェスゲームの邪魔、すんなよ」

守は富山がチェスの駒に向かって振り下ろしてきた右手を自分の左手でガードしながら静かに言った。

「おれの怖さ、教えてやるぜ」

ハリネズミ頭の少年は戦闘態勢をとった。

「おら、おら、おら！」

富山は両手を使って、激しいジャブの連打を守に浴びせかけてきた。

「でたー。ケンちゃんの高速パンチ！」

仲間たちが喝采の声をあげた。

だが、守は富山が繰り出すパンチの連打を全て身体を上下左右させるだけで躱《かわ》してしまったのだ。守が再び口を開いた。

「もうやめにしねーか。時間のムダだぜ」

「なんだと？」

富山は真っ赤な顔をして守を睨みつけている。

「こうしねえか。おまえはこの場でおれを倒した。そういうことにしよーぜ。な！　ここにいるみんなが証人だ。そうすれば、おまえは一年のてっぺんに一歩近づくわけだろ？　そうしようぜ。絵美理、おまえもいい考えだと思うだろ？」

守は座っている絵美理を見た。

「守の好きにすればいいんじゃない？」

絵美理はクイーンの駒をいじりながら返答した。

「ざけんな！」富山が怒りの声を発した。

「おれはてめえをマジでぶっ倒さなきゃならねーんだ」

「なんでだ？」

「それは……、二年を仕切ってるツートップの一人、片山《かたやま》さんにそう命令されてるからだ」

「ツートップ？」守が眉を歪めた。

「そうだ。二年は片山さんと桑野さんの二人が仕切ってるのさ。マジで危ない人らだ」

「つまり、こういうことか。おまえは二年のボスの一人におれを倒すよう言われた。で、おれを倒した暁には、一年を仕切る権限を与えてもらえるわけだ」

「そうだ。その片山さんから、てめえに伝言がある」

「何だと？」

「《おれは黒水晶の桂馬の駒を持っている》だってさ」

「なるほど。そういうことか……」

守は苦笑いをしながら頷いた。

「じゃあ、その二年の人に伝えといてくれや。国元守がその桂馬の駒、もらいに行くってよ」

そういうや否や、ドスッという音が教室内に反響した。

守は右こぶしで富山のみぞうちにパンチを打ち込んでいたのだ。

「ぐわあ……」

富山は息ができなくなって、その場にうつぶせに倒れた。

「うわあ、ケンちゃん、大丈夫？」

仲間二人がおろおろしながらうつぶせに倒れている富山のまわりに駆け込んできた。

「おまえらに頼みがある」

守は慌てふためいている少年たちに向かって話しかけた。

「何だよ？」

少年たちはひきつった表情で恐る恐る守の顔を見た。

「そいつを連れてここから退散してくれねーかな？　おれはチェスの続きがしたい」

「ああ、わかった。すぐ、ケンちゃんを連れて出てくよ」

少年たちは気絶している富山をおぶってD組から猛スピードで出ていった。

「さあ、絵美理、ゲーム再開だ」

守がうれしそうにチェスの並べてある机の前に座った。絵美理も座り直した。こうして、二人は何事もなかったかのようにチェスを再開させた。絵美理が白いルークの駒を縦方向に移動させた。

恋の予感

時折、みつおは背後から視線を感じていた。それは、突き刺すようなものでもなく、敵意があるわけでもない、温かい南国の太陽のような霊気を伴う視線だった。みつおはさっと後ろを見た。だが、その視線はもう消えている。そんなことが一カ月ほど続いていたある日、ついにみつおはその視線の出所を特定したのだ。少年は温かな視線を感じたとたんにさっと振り返った。深い黒目がちな瞳、南国風の浅黒い顔立ち。密かにみつおを見つめていたのは南沢清子《みなみさわせいこ》だったのだ。みつおの切れ長の茶色い瞳と清子の深くて黒い瞳が一瞬間、見つめあった。みつおは少女に対してにこっと微笑みかけた後、再び前を向いて、数学の講義ノートを取り始めた。右隣に座っている猛が妙な顔をしてみつおを見た。

「おい、みつお、どうしたんだよ。

「いや、違うよ。なんでもない」

「なら、いいけど」

猛は鉛筆を机の上に転がしながら言った。

それから数日後の昼休み、みつおは渡り廊下で南沢清子とばったり出くわした。瞳があった瞬間、二人は同時に立ち止まり、お互いを見つめあった。数秒が経過した後、みつおからおずおずと声をかけた。

「南沢さんだよね？　同じクラスの？」

黒い瞳をみつおに向けながら少女は答えた。

「そうだよ。神坂君でしょ？」

「あ、僕の名前知ってた？」

「そりゃ知ってるよ。同じクラスだもん。それに、神坂君と国元君はすっごい目立ってるから」

「え、そうだっけ？」

「そうだよ」少女はにこりと笑った。

「ほら、この前不良っぽい人たちが殴り込みをかけてきた時、すごかったし」

「ああ、あれね。猛はめちゃくちゃ強いからね、マジで」

「そうだけど。神坂君もすごかったよ」

「僕は何もしてない。ただ、見てただけ」

浅黒い少女はじっとみつおを見据えて再び口を開いた。

「ほら、椅子が飛んできた時に、神坂君、ジャンプして空中でキャッチしたでしょ。あれ、鳥みたいだったよ」

「鳥みたいだなんて。ほめすぎだよ」

「ほんとにすごかった。それにね……」

「それに、何？」

みつおは少女の深い瞳を覗き込んだ。

「神坂君が飛び上がった時、どこからかさーって風が吹いてきたみたいだった。それと、犬の雄叫びのような声もかすかに聞こえてきたよ」

みつおは驚いて言葉が出なかった。南沢清子にはみつおの力の背後にある白い龍ショコラの声と風を操る能力が垣間見えたのだ。みつおが返答に困っているのを察した少女は話題を変えた。

「それに、神坂君、すごく英語ができるよね?」

「まあ、少しだけね」

みつおは照れて後ろ頭を右手で掻いた。

「もしかして、帰国子女?」

「いや、違うよ。外国語大学に通ってる兄貴の影響で、ちっちゃい時から英語を少しずつ勉強してきたんだ。NHKのラジオ英語講座を聴いたり、好きな英語の歌の歌詞から単語や文法なんかを学びながらね」

「ふーん。そうなんだ。また今度、英語教えてよ」

「僕でよかったら」

「じゃあ、また教室で!」

「うん、またあとで!」

みつおは笑顔で少女に右手を振った。

その光景を遠くから偶然に見ていた者たちがいた。絵美理と守の二人だ。守がじろんとした目で絵美理を見た。

「なんかいい感じだったたな。あの二人」

絵美理は剃刀のような瞳を守に向けて言い放った。

「別に関係ないし」

絵美理はくるりと反対方向を向いて歩き出した。守はポリポリと右手で頭を掻きながら少女の後ろについていった。


みつおが南沢清子と知己を得てから数日後の昼休み、猛とみつおが一階の渡り廊下をぶらぶら歩いているとスマートフォンで自撮りしながら歩いているきれいな少女たちのグループと遭遇した。すれ違った瞬間、少女たちが猛のことを噂しているのが聞こえてきた。

「あの背の高いカッコイイ方、あれが国元猛だよ」

「え、マジで！　あの不良グループを返り討ちにしたっていう」

「そうそう。すごいよね」


猛は少女たちに手をふった。少女たちも喜んで猛に手を振りかえしてきた。その光景を見つめていたみつおが言った。

「すごいね。猛って人気者なんだ」

「……らしいな」


猛が笑みを浮かべながら頷いた。猛はその後、急に静かになった。通りすぎていった少女たちの中でただ一人その場に立ち止まって猛を見ている女の子がいる。身長は一六〇センチを超す長身で、すらりとしていて手足が長い。頭は小さく、少し茶色がかった髪の毛をポニーテールでまとめ上げている。色白で茶色がかった大きめの瞳に形のよい鼻と小さな口元がシンメトリーに並んだきれいな顔立ちだ。少女はゆっくりと猛に近づいてきた。

「国元君でしょ？」

「そう……だけど」猛はほんの少し躊躇した。

「私は近藤優香《こんどうゆうか》。A組なの」

「あ、そうなんだ。おれはB組」

「知ってるよ。国元君は有名だから」

中学一年生にしてはかなり背の高い二人はしばらく向かい合ったまま押し黙った。

「友達が待ってるから、もう行かなきゃ。国元君、じゃあまたね」

「おう、またな。おれのこと、猛って呼んでくれよ」

「わかった。私のことも優香って呼んでね」

背の高い少女は友達たちのいる方へ走っていった。みつおは走り去る少女の後ろ姿を見ながら言った。

「きれいな人だね」

「ああ」猛が頷いた。

「バトルだけを予想して入学したけど、なんかいいことありそうだな」

「そうだね」みつおも静かに頷いた。

そして二人は自分たちの教室に入っていった。桜は散り、その下から青葉が見え始めた五月、みつおたちの周辺では恋の予感が淡く漂い始めていた。

偽りのラブレター

山ノ手中学校の時計塔の上で、再び男が一人将棋の駒と向き合っていた。男は青空に向かってマルボロを吹かしながら、二対の黒水晶の駒を持ち上げた。二対の桂馬の駒。それらを二体の白水晶の駒の前に勢いよく配置した。パチンという歯切れの良い音が時計塔の上に鳴り響いた。二対の桂馬の駒はそれぞれ、金と銀の白水晶の駒と向かい合って並べられている。男はタバコを吹かしながら、白水晶の飛車の駒を将棋盤の上から取り除くと、フッフッフッ、と笑みを浮かべた。

「飛車、双蝶使いの絵美理は今日は不在。これすなわち、好機の到来。金、国元守。銀、国元猛。今日、おまえらを叩き潰してやろう……この二対の桂馬で」

男は立ち上がって上空を見上げた。空には一匹の大きなカラスが男を見張るように旋回している。

「ちっ、目障りなカラスめ」

男はいまいましそうに上空のカラスを見上げた。

午前中の授業が終わり、弁当を食べ終わった後、みつおと守と猛は運動場でバスケットをするため、一階に下りて、下駄箱を開けた。

「なんだこりゃ？」

猛は下駄箱から白い手紙を取り出した。

「何って、決まってるじゃん。ラブレターだよ」

みつおが興奮して目を輝かせた。

「え、マジで！」

猛は驚きを隠せないまま、封筒を開けて手紙を開いた。手紙は以下のように綴られていた。

「国元猛君。A組の近藤優香です。先日は知り合いになれてよかったです。唐突ですが、今日のお昼休みに会えませんか？　人前で話すのは気がひけるから、学校の裏山にあるテニスコートでお話ししたいです。一二時五〇分に裏山のテニスコートで待っています。ぜひ一人で来てくださいね。お待ちしています。　優香より」

「スゲーぜ。もしかしておれって、モテてる？」

猛は手紙を読み返しながら興奮している。

「バカか、てめーは！」

守が猛の後ろ頭をパンと叩いて自分の教室に向かって歩いていった。

「守、てめー。モテないからってねたんでんじゃねーぞ」

猛が大声で守に向かって怒鳴った。

みつおは猛の顔をじっと見つめて心配そうに言った。

「テニスコートに行くのやめといた方がいいんじゃない？」

「みつお、おまえまで、ねたんでんのか？」

「じゃなくて、罠かもしれないよ」

「罠？」

「そう。今日は絵美理が風邪で休んでるから、戦力が一つ欠けてる。そこをつけねらって敵が罠を仕掛けてきたのかもしれない。それに近藤さんだったら直接、猛に会いにくるんじゃないかな？」

猛は溜息をついた。

「バカか、てめーは。女心のわからない奴だな。告白ってのはな、勇気がいるんだぞ。だから、人気のないテニスコートにおれを呼び出すんじゃねーか」

「確かにそうかもしれない。でも、もしそうじゃなかったら？　裏山のテニスコートに行って聖獣使いとヤンキーたちが猛のことを待ち伏せしてたらどうするの？」

「返り討ちにしてやるよ」

猛はみつおを睨みつけた。

「じゃあ、こうしようよ。僕が隠れてついていく。で、もしほんとに近藤さんだったら僕はその場から立ち去るから。どう？」

「その必要はねえよ。優香がおれを待ってるだけさ」

みつおは必死になって言った。

「じゃあせめて、妁だけでも持っていってよ。いつでも赤獅子を召喚できるように！」

「必要ないね。じゃあ、おれ行くから。優香がおれのことを待ってるからな」

猛はみつおに左手を振った後、颯爽と裏山を目指して歩き始めた。

みつおは心配そうに猛の後ろ姿を見ていた。

猛は足早にテニスコートへと続く階段を上がっていた。雑木林で覆われた坂道は人影もなく静寂が立ち込めている。猛が坂道を上り出してから二分ほどが経過し、テニスコートが見えてきだした矢先に、坂道のまわりを取り囲んでいる雑木林の木の枝がパキパキッと折れる音が聞こえた。猛は足を止めた。すると雑木林から一〇人を超す男子生徒が姿を現わしたのだ。

「よお、色男。息せき切ってどこに向かう途中かな？」

猛の前に立ちふさがったのはH組の杉山実だった。一度タイマンで猛に倒された杉山実。

杉山は両手を組み合わせて女性のような声色で話した。

「裏山のテニスコートで待ってます。近藤優香より」

猛を取り囲んで立っている不良っぽい男子生徒たちは一斉に爆笑した。

「ぎゃっはっはっはっ！　おめでたい奴だぜ！」

猛は右手の人差し指を額に翳《かざ》しながら独り言を言った。

「偽りのラブレターか。ちっ、みつおの言うとおりだったな」

山鳥が鳴く声が裏山に響いた。ガラの悪い男子生徒たちに取り囲まれた猛は静かに空手の構えをとった。

仕掛けられたもう一つの罠

「ところでテニスコートには誰がいるんだ？」

猛は四方をヤンキーたちに囲まれながら、冷静に杉山実に訊ねた。

「二年を仕切ってるツートップの一人、桑野さんだ。けど、おまえは桑野さんには会えねー。なぜなら、おれらがここでおまえをフルボッコにするからだ」

杉山は猛との距離を測りながら言った。

「てめえがいくら強くとも所詮、生身の人間。一七〇センチを超す一二人の男相手に勝てるわけがねえんだ。いくぞ、おめえら」

杉山が吠えた。

「おお！」

ガラの悪い少年たちは一斉に猛に襲いかかった。


猛が裏山でヤンキーたちとバトルを開始した頃、守は教室の自分の席に戻っていた。守は自分の机の上に置き手紙らしきものを発見した。守は机の上に貼り付けられている長方形におられた紙を広げて読んだ。

「国元守。おまえが大切にしているものはカバンごとあずかった。それと、おまえの仲間の神坂みつおの身柄もおれたちが拘束している。神坂とカバンを返してほしければ、一人で第二校舎の屋上に昼休み中に来い。それから、おまえの兄の猛は今、裏山で取り込み中だ。奴に助けてもらうことはできないぞ。おまえ一人で必ず来い。二年　片山一徹《いってつ》」

守は自分のカバンを探してみた。

「ねえな。けど、みつおが捕まることはないだろう。奴らの力で、みつおを倒すことは到底不可能だ」

守は頭を右手でボリボリ掻いた後、立ち上がった。

「仕方ない、カバンと妁を返してもらいに行くか。たとえこれが罠だとわかっていてもな」

守は教室を出て、スリッパから靴に履きかえ、第一校舎を後にして、第二校舎の方へ歩いていった。

　守が第二校舎に向かって歩き始めた頃、裏山では激しいバトルが繰り広げられていた。

「おら、おら、おら！」

　二人の少年は猛を四方から囲んで総攻撃を仕掛けた。猛はもろくも倒され、少年たちは続けて、踏んだり蹴ったりの猛攻を続けた。少年たちの息が上がったのを確認すると、杉山実が合図した。

「もう、いいぜ。おめえら、やめろ！　これ以上やったら殺しちまう」

　少年たちは手を止め、倒れている猛の姿を凝視した。仲間のなかで、髪を赤色に染めている少年が言った。

「おい、実。これって……」

　杉山実は唖然とした顔で、猛が倒れているはずの場所を見た。

「ありえねえ」

　実は冷や汗を流した。ヤンキーたちの取り囲んでいる空間には白い人の形をした紙切れが一枚落ちているだけだったのである。その時、後方で数発、にぶい音が鳴り響いた。

「バシッ、ドス、バキ、ドン、バキ、ドス、ガーン！」

　杉山実がビビって後ろを振り返った。

「おい、おめえら……」

見ると、一二人中七人の少年がその場に倒れていたのである。そして、その後ろには、空手の構えをとった猛の姿が見えた。

「あと、五人だな」

猛は右手と左手を交差させながら、再び空手の構えをとった。

「てめえ、何しやがった？」

実は恐怖で顔を真っ青にひきつらせながら猛を睨んだ。

「もう一度、もう一度、総攻撃だ。おい、おまえら、手を抜くな。一気に叩くんだ」

「おおお！」

五人の少年たちは雄叫びをあげながら、再び猛に襲いかかっていった。

猛は唇を右に少し歪ませた。

「こりねー奴らだ」

猛は猛スピードで茶髪の少年に近づき、少年の額に何かを張りつけ、前方宙返りをしながら高く飛び上がって、すぐそばに生えている頑丈そうな木の太い枝の上に身をかくした。

四人の少年たちは茶髪の少年を猛と見做して、猛攻撃をくわえている。やがて、茶髪の少年はその場に崩れ落ちるように倒れた。

「今度こそ、やったか？」

杉山実は恐る恐る倒れている少年の姿を見た。だが、そこに倒れていたのは猛ではなく、顔に白い人型の紙を貼られた茶髪の少年だった。

「正志《まさし》じゃねーか。どうなってんだ?」

　杉山実と三人の少年たちはビビってあたりを見回した。その時、上の方から声が聞こえてきた。

「おれならここだぜ」

　杉山たちはぎょっとして上を見上げた。木の太い枝の上に猛が立っているのが見えた。猛は杉山たちのいる方に向かって木から飛び降りた。猛はそのまま飛び蹴りの体勢をとって、杉山実のそばにいる背の高い丸坊主の少年に向かって飛び蹴りを放った。丸坊主の少年は猛の飛び蹴りで後方へ吹き飛ばされた。裏山ではダーンという大きな音がこだました。静かに着地した猛は金髪に染めている少年めがけて左足による上段蹴りをすばやく決めた。金髪の少年はタイヤが縮むようにぐにゃりとその場に倒れた。驚きで戦闘態勢をとれずにいる杉山実の前方に立っている銀髪の少年の方へ猛は音もなく歩み寄り、みぞおちに右手によるボディブローを打ち込んだ。ドスンという鈍い音がして、銀髪の少年は口から泡を吹きながらその場に沈んだ。一二人いた少年のうち残るは杉山実一人になった。

「さあ、これでてめえ一人になったな」

　杉山実は苦笑いをして言い放った。

「てめえがどんなに強くとも、桑野鉄平《てっぺい》さんにはかなわねえよ」

「なんだと?」猛は杉山実を睨みつけた。

「あの人は超能力者だ。人間の力を越えた能力を備えている。てめーは鬼みたいに強いが所詮はふつうの人間。かなうわけがねー。ハッハッハッハッ！」

杉山実は顔をひきつらせながら苦し紛れに笑った。その瞬間、猛の左手による手刀が杉山実の首元を捉えた。バスッという歯切れのいい音が裏山に響いた。杉山実は白目をむいたまま静かにその場に倒れた。近くの林では左側の木から右側の木へ山鳥が移動するのが見えた。

「ガタガタうるせーんだよ、てめえは」

猛はその場に前のめりに倒れている杉山実を見下ろした。

「さて、じゃあ、その桑野って奴の顔を拝みに行くとするか」

猛はテニスコートに向かって静かに階段を上り始めた。

「猛が戦っている。猛の霊気を裏山から感じる」

みつおは猛のカバンを持って教室から飛び出て、再び下駄箱のある一階まで走り、靴を履いて裏山近くまで全速力で走った。裏山の入口付近で立ち止まったみつおは息を整えながら、一度口笛を吹いた。ピーッという音が裏山全体に響きわたり、三〇秒ほど経過すると三本足のカラスがみつおのもとに舞い降りてきて、小柄な少年の右肩の上にふわりととまった。みつおは猛のカバンを開けて、猛の竹を取り出し、それをカラスの三本ある足のなかで一番左側にある足に差し出した。するとカラスは左足で竹を掴んだ。みつおはカラスの頭を撫でた。

「八咫三郎、裏山のテニスコートまでひとっ跳びしてこれを猛に届けてくれ」

カラスは青みがかった灰色の瞳でみつおの顔をじっと見つめた後、空高く舞い上がった。

「八咫三郎、頼んだよ」

みつおは八咫三郎がテニスコート目指して飛んでいくのを確認した後、再び元来た道を走り出した。

「なんかヤバい予感がする。守は大丈夫かな？」

みつおが守の身の安全を案じながら、第二校舎目指して全速力で走り始めると目の前にさっと小さな影が現われ、少年の行く手を阻んだ。

「あ、おまえは……」

みつおは驚愕の表情を浮かべながらその小さな影法師を見た。

影はみつおに言った。

「神坂みつお、君は国元猛のもとへ向かえ！　国元守のことは僕に任せろ！」

みつおはじっとその人物を見つめ、頷いた。

「わかった。じゃあ、よろしく頼んだよ！」

みつおはくるりと反対側を向くと、裏山のテニスコートへと続く坂道を走り始めた。

小さな影法師はみつおの背中が小さくなっていくのを見送りながら身に着けている帽子を深くかぶり直した。

「クックックックッ、ひさびさのバトルだ……」

影法師はかすかに笑みを浮かべながら、第二校舎の方角を見上げた。そして、煙のように跡形もなく姿を消した。

青く輝き出す「納」の文字

守は第二校舎の屋上に通じている螺旋階段を上っていた。屋上へのドアが見えてきた時、そのドアが開いて、五人の不良少年たちが現われた。そのなかには以前、守に倒されたブリーチの金髪を針のようにとがらせた富山健介がいる。

「国元守。のこのこやってきやがったな。だがここは通さねえ。なぜなら、おまえはここでおれらにフルボッコにされるんだから」

富山は意気込みながら言った。

「どけ、おまえらに用はない」

「なんだと……おまえら、行くぞ！」

富山は目を血走らせながら言った。

「おお！」

不良少年たちは一斉に守に襲いかかった。

「めんどくせーやつらだ」

守は即座に両手を合わせて、小声で呪文を唱えた。

「至真至誠《ししんしせい》、一心奉祷《いっしんほうのう》、残像投射！」

「ぶつぶつ言ってんじゃねーぞ！」

不良少年たちは守を四方から囲い込み、踏んだり蹴ったりした。数分間にわたって少年たちは守に猛攻撃を加え続けた。

「フルボッコにしてやったぜ、おまえら、やめろ」

富山は仲間たちに合図を送った。

「何？」富山は顔を歪めた。

守が倒れているはずの場所には、ボロボロになった守のブレザーだけが落ちていたのである。バタバタバタッと階段の上方で音が鳴り響いた。

「おい、おまえら！」

富山が振り返ると、そこには階段上に倒れている三人の少年の姿があった。今度はドスッという音が反響した。屋上へと続くドアを警護していた丸坊主の少年が前のめりに倒れていた。

「国元、てめえ、こざかしいトリックを使いやがって……」

富山は怒りで顔を真っ赤にしながら、守めがけて襲いかかってきた。

「てめえこそ、ウゼーんだよ」

守は冷ややかな目で襲いかかってくる富山の右手から繰り出されるパンチを交わした後、怒り狂っている少年の顎に左手によるパンチを浴びせた。富山は失神してグニャリと鉄パイプが曲がるようにドアのそばに倒れた。屋上へと続く階段のそばに五人の少年たちが倒れているのを確認した後、守は屋上へと続くドアのノブに手をかけた。

「さあ、片山って野郎の面《つら》を拝みに行くとするか」

守はドアのノブを回して屋上へと進んだ。ドアを開けるとそこにはどこまでも続く青空が広がっていた。突然、守は身体がズシンと重くなり、その場に跪いた。

「どうしたっていうんだ？　身体が、身体が鉛みたいに重てえ……」

守の顔が真っ青になった。

「国元守、待っていたぞ」

守は跪いた状態のまま顔を上げた。守のいる正反対の方角に一八〇センチを超す、岩のような身体をした少年が立っていた。

「おまえが……」

「そうだ。おれが二年のツートップの一人、片山一徹だ」

岩のような身体の中学生はするどい瞳で守を睨んだ。

「どうだ、国元、一歩たりとも動けまい？」片山はせせら笑うように言った。

「くそ、なぜだ」

跪いたまま守は必死に立ち上がろうと試みるが、全く動くことができない。

片山はシニカルに唇を歪ませた。

「足元をよく見てみるんだな」

「何？」

守は驚きを隠せぬまま、自分がしゃがみこんでいるコンクリートの床を凝視した。そこには縦に四本、横に五本、合計九本で構成された蘆屋道満《あしやどうまん》が編み出したと言われるドーマンの結界が張り巡らされ、そのなかに閉じ込められている自分の姿を守は見出したのだ。

「これは、ドーマンの結界？」

「そうだ。安倍晴明《あべのせいめい》の陰陽道系の秘術を操るおまえはその宿敵である蘆屋道満の結界のなかに今、封じ込められているのさ。ハーッハッハッハッ！」

片山は高笑いをして、床に置かれていたカバンを持ち上げた。

「おれのカバン……」

守は這いつくばったまま辛そうに言った。

「これからおれが何をするかわかるか？　国元守」

片山はカバンのチャックを開き、中から守の笏を取り出した。

「や、やめろ！」守は大声で叫んだ。

「いい叫び声だ」

片山は笏を右手に持ったまま屋上の海側の端まで歩いていき、笏を地面に向かって投げ捨てた。笏が地面に落ちたのを確認すると、片山は再び高笑いした。

「ハーハッハッハッ！　これでおまえはもう聖獣を召喚することはできない。国元守、おまえの負けだ！」

片山は右手の人差し指と中指の間に黒水晶の駒を挟み込み、守のいる方にそれを向け、聖獣の召喚呪文を唱え始めた。

「一角聖王の名において召喚する。いでよ、一進一退、鉄カブト！」

片山は手にしていた桂馬の駒を空中に投げた。黒水晶でできた桂馬の駒はクルクルと回転しながら、空中に飛んでいき、それは五メートルを超す巨大な黒いカブトムシに変化して、屋上のコンクリートでできた床を揺らしながら着地した。

「もはや、ここまでか。猛、みつお、絵美理、ショコラ、すまない……」

守は静かに目を閉じて、死を覚悟した。

その時、第二校舎の建物自体が左右にグラグラと揺れた。

「なんだ、これは？」

想定外の出来事に片山が驚きの色を隠せずにいる。

屋上の時空間が蜃気楼のように揺らぎ、小さな影法師が屋上に現われた。影法師は守たちと同じ紺ブレの制服を着ていて、頭に深々と紺色の中折れハットをかぶっている。守は這いつくばった状態のまま視線だけを上げ、その影法師を見据えた。

「おまえは蜘蛛矢……」

そこには守と一年前死闘を繰り広げた、まだら蜘蛛使いの蜘蛛矢勇人《ゆうと》が立っていた。

「君、そんなとこで這いつくばって何やってるの？　らしくないじゃない？」

そして蜘蛛矢は以前と同じように、クックックックックッと小声で笑った。

「だよな」

蜘蛛矢の姿を確認しながら、守もバツが悪そうに苦笑いした。

突然、守の左肩に刻み込まれた「納」の文字が青く輝き出し、大柄な少年の身体全体から青白い霊気が奔流のように立ち現われ始めた。

赤く輝き出す「奉」の文字

猛は急な階段を上りきり、テニスコートに到着した。猛は深呼吸してから静かにテニスコート内に入った。

「なんだ。誰もいねーじゃねーか」

猛はチッと舌打ちをした。その瞬間だった。猛の背後に大きな霊気が出現したのである。

「おれならここだぜ。国元猛」

猛は後ろを振り返った。そこには一七〇センチ前後の細い黒髪の少年が立っていた。

「てめえが、桑野」

猛はものすごい形相で自分よりやや背の低い少年を睨みつけた。

「そうさ。おれが二年のツートップの一人、桑野鉄平だ」

「おれの背後をとるとは、てめえはいったい……」

「答えは簡単だ。おれもまた聖獣使いだからだ。おれは聖王様から桂馬の駒をいただいた聖獣使い。今ここで、白龍軍団の一角を担うおまえに消えてもらう」

「あ？」

猛は首をかしげながら再び桑野を睨みつけた。

「てめえにおれが倒せると思ってんのか？　発する霊気からして、おまえは下位の聖獣使い、おそらくは聖虫使いだろ？　てめえが神道の流れをくむ神獣使いのおれに勝てるわけねーんだ」

「さすがは、国元猛。おれの霊気と聖獣までも瞬時に言い当てるとはな。だが、おまえは一つ忘れている。ラブレターに浮かれて神坂の助力を断り、妁も持たずにのこのこやってきたおまえはただの生身の人間だ」

「なんだと……」

猛は返答に窮して右側の額から冷や汗を流した。

「さらに、おれが配置した雑魚どもとの戦いで人型を乱用してしまった。おまえにはもはやなすすべがないはず」

「くっ……」猛は絶句して一歩後ろに下がった。

「見せてやろう。聖王軍団の一員であるこのおれの力を！」

桑野は右手の人差し指と中指の間に黒水晶の駒を挟み込み、猛のいる方にそれを向け、聖獣の召喚呪文を唱え始めた。

猛は再び冷や汗をかきながら空手の構えをとった。

「一角聖王の名において召喚する。いでよ、一進一退、鉄クワガタ！」

桑野は手にしていた桂馬の駒を空中に投げた。黒水晶でできた桂馬の駒はクルクルと回転しながら、空中に飛んでいき、それは五メートルを超す巨大な黒いクワガタに変化して、テニスコート上に舞い降りた。鉄クワガタが着地した瞬間、テニスコートはクワガタの重みと霊圧でグラリと揺らいだ。

大きなクワガタの背後に立った桑野は笑みを浮かべながら言った。

「さあ、始めようか」

「マジでやべえ……」

猛は空手の構えをとった状態で額から再び冷や汗を流した。

鉄クワガタはすばやく猛に襲いかかってきた。猛は後方宙返りをしながら、ジャンプをして最初の攻撃をかわした。続く攻撃には、右に側転して逃げた。

猛は後方に下がりながら、大きなクワガタの攻撃を凌ぐために、宙返りをして高く飛び上がった。だが、猛がクワガタの攻撃をかわしたと思った瞬間、クワガタもまた羽を広げて猛のいる上空に飛び上がっていたのである。

「しまった……」

猛が思わず空中でつぶやいた時には、すでに少年はクワガタの大きな二本のハサミのような大あごに挟み込まれていたのだ。鉄クワガタは猛を挟み込んだまま、地面に着地した。テニスコートは鉄クワガタの着地でグラグラと揺らいだ。

「鉄クワガタ、いいぞ。そのまま国元猛の身体をバラバラにしてしまえ」

桑野は残忍な笑みを浮かべながら、大きなクワガタに命令した。

「ぐああ……」

猛は顔から汗を拭き出しながら両手で巨大な鉄クワガタの挟み撃ち攻撃に必死に耐えている。

大きなクワガタのあごに猛が挟み込まれてから一分程度経過した。猛の両腕はすでに限界に達していた。

「そろそろだな」

桑野が腕組みをしながら猛が力つきるのを見張っていた。

「くそお……」

猛が顔を真っ赤にしながら必死に耐えているその時、テニスコート上に大きな鳥影が浮かび上がった。

「なんだ?」桑野は上空を見上げた。

上空には三本足のある大きなカラスが滑空しており、猛と鉄クワガタのいる地点に向かって急降下してきたのだ。よく見ると、左足に猛の妁を持っている。

「八咫三郎！」猛は叫んだ。

鉄クワガタの大きなあごの力が少しゆるんだのを見計らって、猛はブレザーをするりと脱ぎ、それを身代わりにして鉄クワガタの攻撃から脱出し、急降下してくる大きなカラスのいる上空へと飛び上がった。猛の右手が八咫三郎のにぎっている妁をつかんだ瞬間、後方に大きな霊気が現われた。鉄クワガタだ。鉄クワガタも、両羽を広げて飛び上がっていたのだ。鉄クワガタはその大きな鋭い右あごで、妁をつかんでいる猛の右手をはじいた。妁は猛の右手を離れて、遠く裏山の林の中に消えていった。

「くそっ！」猛は叫んだ。

三本足のカラスは旋回して上空へと戻り、鉄クワガタは再び猛をその大きなハサミの形をしたあごで羽交い絞めにしてテニスコート上に着地した。砂ぼこりが舞い上がった。

「おしかったな、国元猛。だが、そううまくはいかないものだ。ヘッヘッヘッヘッ……」

桑野は見下したような態度をとりながら笑った。

再び挟み撃ちにされた状態になり、身体がミシミシときしむ音を感じながら、猛は静かに両目を閉じた。

「もはや、ここまでか。守、みつお、絵美理、ショコラ、すまない……」

猛は死を覚悟した。

猛と守が桂馬の駒を持つ聖獣使いと戦っている頃、絵美理は寝ているベッドからふらふらと起き上がって、中学校の制服に着替えていた。

「猛と守がヤバい。さあ、行かなきゃ……」

三八度を超す高熱で頭がくらくらしながら、絵美理は部屋を出て、玄関まで歩いていった。

「絵美理ちゃん、何やってるの？　ちゃんと寝てなきゃダメでしょう？　あなたはインフルエンザにかかってるのよ！」

驚いて絵美理の母の由利子《ゆりこ》が飛び出してきた。

「ママ、今から学校に行ってくる。友達がかなりヤバそうだから……」

「何言ってるの？　絵美理、寝てなきゃダメでしょ？」

由利子がそう言った瞬間、絵美理は玄関上でふらりと倒れそうになった。

母親は娘をしっかりと受け止めて、娘を抱きかかえた。

「ダメよ。寝てなきゃ。ね？」

「でも、友達が……」

絵美理は真っ赤な顔をして言った。

「きっと、大丈夫よ。ママね、そんな気がするの。あの神坂君て子がいるでしょう？　あの子意外としっかりしてるから」

「あいつは、ダメだよ。頭悪いし……」

絵美理がぼそっと反論した。

「絵美理ちゃん、ここは神坂君にまかせて、あなたは寝てなさい。いいわね？」

由利子は絵美理を抱きかかえながら、ベッドのある部屋へと娘を連れていった。


同じ頃、ショコラと茂子は家の庭で草むしりをしていた。ショコラが庭の端っこから山ノ手中学校の方を険しい表情で見つめている。白い犬の両目は緑色に輝き、背中からはうっすらと緑色の霊気が漂っている。心配そうに中学校の方を見ている白い犬を見て、茂子は草刈用の鎌を置き、ショコラに近寄ってきて、右手で白い犬の頭をやさしく撫でた。

「ショコラ、あなたも感じるのね。守君と猛君がピンチなのを。でも、大丈夫。みっちゃんがなんとかするから」

ショコラは驚いて茂子の顔をまじまじと見た。

「そんなに驚かないで。みっちゃんはビビリだけど、あの子もやる時はやるものよ。さあ、ここはみっちゃんにまかせて、私たちは草むしりの続きをしましょう」

そう言うと茂子は再び鎌を持って、草を刈り始めた。するとショコラも茂子の横で手伝うかのように真っ白い両足で穴を掘り出した。海側からほのかな潮風が庭に流れ込んできた。


猛が死を覚悟した瞬間、テニスコートを覆っている木々がザワザワと揺らめき出し、一陣の突風が駆け抜けた。

「猛！」テニスコート上に声が鳴り響いた。

みつおだ。みつおが到着したのだ。みつおは汗で顔をびっしょり濡らし、息をゼイゼイ切らせながら、大声を張り上げた。

「猛。僕も一緒に戦う！」

その一声で、あきらめかけていた猛の闘争心に火がついた。

「あ？」

「あって、僕も一緒に戦うよ」

猛はチッと舌打ちした。

「てめえはひっこんでろ。これはおれのバトルだ！」

猛は大声で吠えるように言った。

突然、猛の右肩に刻み込まれた「奉」の文字が赤く輝き出し、鋭い瞳をした少年の身体全体から真紅の霊気が奔流のように立ち現われ始めた。

ドーマンの結界を破壊せよ！

「ドーマンの結界を破壊せよ！」

蜘蛛矢が守に向かって叫んだ。

守は身体全体から揺らめくような青白い霊気を放ちながら立ち上がり、バレリーナのようにしなやかに一回転した。大柄な少年は右手の人差し指と中指を立てて印を結び、コンクリートの床の上に大きな図形を描くような仕草をおこなった後、呪文を唱えた。

「バン・ウン・タラク・キリク・アク！」

守が呪文を唱え終わると、守の立っている地点の床から青い光で構成された五芒星が立ち現われ、五芒星は九本の線で構成されたドーマンの結界を打ち破り、結界そのものをも消滅させたのだ。

「おのれ、国元守。サーマンの結界を作り出し、ドーマンの結界を破壊するとは……」

片山は怒りで顔をひきつらせた。

守は「納」の文字が青く輝く左腕を天に向かって突き出した。クルクルと青く輝くブーメランのようなものが屋上の外から飛んできて、守の左手のなかに収まった。

「それは妁……」片山は顔をこわばらせた。

「至真至誠《ししんしせい》、一心奉祷《いっしんほうのう》、神通自在《じんつうじざい》、神力深妙《じんつうしんみょう》……」

「ア・ジ・マ・リ・カム！」

守の目の前に四メートルほどの高さの垂直上の青白い炎の柱が立ち現われた。炎の中から青い巨大な狛犬が出現した。

「グルルルル！」

青色の聖獣は吠え、地面を揺るがした。

守は狛犬の背中に飛び乗り、合図を送った。

「行け、狛犬！」

「グアアアア！」

青色の狛犬は雄叫びをあげると鉄カブトのいる方角へ突進し始めた。

「飛べ、鉄カブト！　低空飛行だ！」

負けじと片山も聖獣に号令をかけた。

鉄カブトは両羽を広げて、いったん上空に浮かび上がった後、コンクリートの床すれすれの低空飛行で狛犬めがけて直進していった。

「狛犬とカブトムシ、双方ともに一角獣か、これは面白い、クックックッ！」

切って落とされたバトルを傍観しながら蜘蛛矢が双方の戦闘態勢を素早く分析した。

ガッシャーンという金属と金属が衝突したようなすさまじい音が屋上全体に響きわたった。

見ると、守を乗せた狛犬の一本の青い角と鉄カブトの角とが水平方向に衝突し、二体の聖獣の動きが止まった。屋上は無人のスケート場のような静けさに包まれ、そのまま一〇秒ほど経過した。片山が口を開いた。

「ドーマンの結界を破壊し、自らの霊気のみで奶を呼び寄せて、聖獣を召喚するとはな……ぐはっ……」

片山はその場に跪いた。バリバリバリッと音をたてながら鉄カブトの長い角が粉々に砕け散り、鉄カブトそのものもみるみるうちに小さくなって、黒い小さな桂馬の駒に変わり、床の上にコトンと音をたてて落ちた。片山は青白い顔を守に向け、言い放った。

「国元守、おまえの強さは本物だ。だが、これで終わりではないぞ。聖王様を頂点とする聖獣使い五人衆がおまえたちの行く手を阻むことだろう。ハッハッハッハッ……」

片山はにやりと笑うと積み木が崩れ落ちるようにドサリとその場に倒れた。

守は狛犬から降りて、静かに歩いていき、桂馬の駒を右手で拾い上げ、コンクリートの床の上に倒れている片山を見ながら言った。

「望むところだ」

守はそのまま屋上の山側の端に立っている蜘蛛矢のところまで歩いていった。

「蜘蛛矢、恩に着るぜ。もし、おまえが来てくれなかったら、おれは今頃どうなっていたことか……」

蜘蛛矢は右手で中折れハットを触りながら、守の顔を見た。

「僕は何もしていない。だが……」

「だが？」

守は恐々と蜘蛛矢の表情を伺った。

「だが、見事な戦いぶりだった。安倍晴明判紋《あべのせいめいはんもん》で道満の九字紋《くじもん》を粉砕するとはね」

大柄な少年と小柄な中折れハットの少年は並んで歩きながら、屋上のドアへと進んでいった。蜘蛛矢は守が手にしている黒水晶の駒を右手で指さしながらニヒルに笑った。

「黒水晶の駒が一つ、手に入ったね」

「ああ、みつおへのいい手土産になる」

守も静かに笑った。

二人の少年はドアを開けて、屋上から姿を消した。屋上にはさきほどと変わらぬ青空がところ狭しと広がっていた。ブラスバンド部の誰かがテナーサックスで早いパッセージを吹く音色だけが響いていた。

鮮やかに開花した五本の白バラ

猛は身体全体から揺らめくような赤色がかった霊気を放ちながら、鉄クワガタの大きなあごに挟まれて縮こまり、今にもバラバラにされそうになっている両腕を少しずつ広げていった。

「そんなバカな？　どこにそんな力が残っているんだ？」

桑野は驚きながら猛の様子を窺っている。

「猛が霊力で聖獣を圧倒し始めた」

みつおは冷静に猛の戦いぶりを見守っている。

猛の右肩に刻まれている「奉」の文字が再び赤く煌めいた。驚いたことに、鋭い切れ長の瞳をした少年は両腕で鉄クワガタの身体を大空に向けて持ち上げたのだ。

「おらああ！」

猛は持ち上げた鉄クワガタを反対側に投げ飛ばした。鉄クワガタは両羽を広げて、宙に舞い上がり、テニスコート上に緩やかに舞い降りた。

「ありえねえ……」

桑野の顔からは冷や汗がにじみ出ている。

猛は体勢を立て直し、バレリーナのようにしなやかに一回転した。続けて少年は右手の人差し指と中指を立てて印を結び、コンクリートの床の上に大きな図形を描くような仕草をおこなった後、呪文を唱えた。

「バン・ウン・タラク・キリク・アク！」

猛が呪文を唱え終わると、背の高い少年の立っている地点の床から赤い光で構成された五芒星が立ち現われた。赤色のサーマンの結界のなかで仁王のように威風堂々と立っている猛は「奉」の文字が赤く輝く右腕を天に向かって突き出した。クルクルと赤く輝くブーメランのようなものが裏山から飛んできて、守の右手のなかに収まった。

「妁が国元猛の手の中に収まった……」

桑野は恐怖で顔をひきつらせた。

「至真至誠《ししんしせい》、一心奉祷《いっしんほうのう》、神通自在《じんつうじざい》、神力深妙《じんつうしんみょう》……」

「ア・ジ・マ・リ・カム！」

猛の目の前に四メートルほどの高さの垂直上の真紅の炎の柱が立ち現われた。炎の中から赤い巨大な獅子が出現した。

「グルルルル！」

赤獅子は高らかと吠えながら着地し、地面を揺るがした。

「おのれ、国元猛め。鉄クワガタ、上空から攻撃しろ！」

桑野は焦りながら、鉄クワガタに命令した。

鉄クワガタは両方の羽根を広げて、上空へと舞い上がり、猛スピードで赤獅子に向かって急降下してきた。

猛は表情一つかえずに、赤獅子に命令した。

「飛べ、赤獅子！」

「グアアアア！」

赤獅子は勢いよく青空に向かって飛び上がった。

上空で鉄クワガタと赤獅子が交差し、二体の聖獣はそのまま対角線上にテニスコートの上に降り立った、音もなく静かに。バトルを見守っている、みつおがゴクリと喉を鳴らした。

裏山から山風が流れ込み、木々がザワザワと音を立てて揺れた。一〇秒が経過した。まだ二体の聖獣は動かない。先に口を開いたのは桑野の方だった。

「さすがは、国元猛。圧倒的な強さだ……ぐはっ」

桑野は突如咳き込み、前のめりに崩れ落ちそうになりながら、視線だけを猛に向けた。ガタンと音をたてて鉄クワガタの鋭いハサミのような大きなあごが割れて、テニスコート上に落ちた。ハサミのようなあごを失った鉄クワガタはみるみるうちに小型化して、小さな黒い桂馬の駒に変化すると、そのままテニスコート上にパタンと音をたてて落ちた。

桑野は視線だけを上げながら話し続けた。

「だが、聖王様を頂点とする聖獣使い五人衆がおまえたちの行く手を阻むことだろう。ヘッヘッヘッヘッ……」

ドサッという音がテニスコート上に響いた。桑野はその場にうつぶせに倒れた。

「猛、あいかわらず強すぎ！」

みつおが大喜びで猛のもとに走っていった。猛は転がっている黒水晶の将棋の駒のそばまで歩いていき、それを右手で拾い上げ、みつおを見た。

「みつお、おまえはほんとにおせっかいな奴だ、けど……」

「けど？」

「けど、来てくれてありがとな。おれは完全に相手の仕掛けた罠に陥っていて、冷静さを失っていた。おまえが来てくれなかったら、おれは今頃どうなっていたかわかんないぜ、マジで……」

「たとえ僕が来てなかったとしても、やっぱり猛は鉄クワガタを倒していたと思うよ」

「ほんとにそう思うか？」

「もちろん」

猛は下を見ながらはにかんだ。その時、昼休みの終わりを告げるチャイムが鳴った。

「次の授業はなんだったっけ？」猛が聞いた。

「数学だよ」みつおが答えた。

「かったりーな」猛は左手で頭を掻いた。

猛とみつおは並んでテニスコートを出て、校舎へと続く階段を足早に下りていった。


二つのバトルが終わりを告げた頃、時計塔の上で男が一人、タバコを吹かしながら将棋盤と向き合っていた。男の側にあるのは黒水晶の駒、その反対側にあるのは白水晶の駒。

「桂馬は全滅か」

男は黒水晶の桂馬を二体右手にとって、将棋盤の上から取り除き、左手で白水晶の駒を一つ持って、その駒を盤の上に配置した。パチンと小気味の良い音が時計塔の上に鳴り響いた。

「だが、まあいい。全ては想定内のことだ。桂馬の駒の働きのおかげで、ベールに包まれていた相手側の駒が明らかとなった。角行は蜘蛛矢勇人だったとはな……」

男は立ち上がり、青空を見上げながら再びマルボロを吹かした。タバコの煙は揺らぎながら空高く伸びていく。はるか上空に大きな三本足のカラスが旋回しているのが見えた。

「ちっ、目障りなカラスだ」

男は口元を右に歪ませた。その時、男の背後に四体の影が現われた。そのうちの一体が口を開いた。男の声だ。

「聖王様、残念ながら、桂馬の聖獣使いは二人とも国元兄弟に倒されました」

「知っている」

「それから、まだら蜘蛛使いの蜘蛛矢が現われました」

「わかっている」

「いかがいたしましょうか？　まだ、敵の戦闘態勢が整っていないうちに総攻撃を仕掛けましょうか？」

「それはならぬ。それよりも、あれは完成に近づいているか？」

男は四体の影法師を厳しい表情で見据えた。

「いつ完成する予定だ？」

「おそらく秋頃には完成すると思います」

今度は女の声が返答した。

「そうか。では、秋まで待とう。あれの完成に全力をつくせ。そして、我々の領域へとやつらをおびき寄せるのだ。わかったな？」

「御意！」

四体は声をそろえて返答し、そのまま姿を消した。

続けて、男も時計塔の上から姿を消した。はるか上空では、いまだ三本足のカラスが飛び続けていた。


同じ頃、絵美理は自宅のベッドの上で寝返りを打った。

「あいつら、ひやひやさせるわね。けど、よかった！」

高熱にうなされながらも少女はにっこりとほほ笑んだ。そして、すやすやと安眠し始めた。


山ノ手中学校で二つのバトルが終結したころ、ショコラと茂子は草むしりを終えて、庭に水やりをおこなっていた。茂子は手際よく、庭の花々にホースで水を撒いていた。そのそばをショコラも一緒に歩いている。茂子は白い犬を見て笑った。

「猛君と守君、やったわね。あの子たちはほんとに強いわね。精神的に強い。ね、そう思わない、ショコラ？」

白い犬はぼけたような顔をみつおの母親に向けながら口元をゆるめてにんまりと笑った。

二人はそのまま庭の山側の方に進んでいった。山側には茂子が丹精込めて育てている白バラがいくつか植えてあるのだ。茂子はうれしそうに蕾の状態の五本の白バラに水をやった。五本の白バラはまるで、みつお、猛、守、絵美理そして新たに仲間に加わった蜘蛛矢の五人を表しているかのようだ。ショコラは静かに五本の白バラに近づいた。すると五本の白バラはショコラの霊力に呼応するかのように、静かに開花し始めた。液晶テレビに映し出された映像のように鮮やかに。

「あら、ショコラ、白バラが咲いたわよ！」

茂子は瞳をきらきら輝かせながら白い犬の顔を見た。ショコラもまた笑顔で開花した白バラを眺めている。

「じゃあ、ショコラ。そろそろ昼ごはんにしましょうか。ね！」

そして二人は正面玄関から家の中に入っていった。

山風に乗って運ばれてきた山ノ手中学校のチャイムの音はいまだに鳴り続けていた。開花した五本の白バラは山風を受けてかすかに揺らぎながら、神々しく輝いていた。

雨の中のアリスとハンプティ

バラの開花する五月が過ぎ、紫陽花の咲き誇る梅雨の季節が訪れた。二年のツートップを猛と守が倒して以降、平穏な日々が続いていた。国元兄弟が桑野と片山を倒した逸話は学校中に広まり、誰もが猛と守に一目置くようになった。三年生の不良たちも猛と守の姿を見ると、こそこそと逃げるように姿を消した。そんなある昼休み、みつおと猛、絵美理と守、そして蜘蛛矢はD組に集まって、たむろしていた。みつおは英語の教科書を広げて、絵美理と一緒に見ていた。その横で、守と蜘蛛矢がチェスをおこなっていた。猛はただ一人、窓越しに降りしきる雨を眺めている。守はビショップの駒を動かした。みつおはパラパラと『ニュークラウン』の英語の教科書をめくりながら言った。

「あー、はやく『アリスとハンプティ』の場面を読みたいなあ」

「そこは二学期の範囲でしょ」

絵美理は英語のペーパーバックの本を見ながらあきれたように言った。

「そうだけど、学校で『アリス・イン・ワンダーランド』を勉強できるってすごくない？」

みつおはうれしそうに笑った。

「けど、『ニュークラウン』で学ぶアリスの話は英語がものすごく簡略化されている。なんか物足りない感じがするのよね」

絵美理は読んでいるペーパー・バックをみつおに手渡した。それは『不思議の国のアリス』の英語版だった。

「ひゃー、絵美理はやっぱすごいね。原文でアリスを読むなんて、僕にはまだムリだな」

「みつおだって、もしロンドンかニューヨークに何年か住んでたら読めるようになってるよ、ゼッタイ」

「かもね。でも、やっぱすごい」

みつおは尊敬の念を持って少女を見つめた。

「みつお君、『アリス・イン・ワンダーランド』の中で君の好きな部分を日本語に訳してみなよ。直訳でいいから」

右手でナイトの駒を移動させながら蜘蛛矢が言った。

「うん、わかった」

みつおは英語のテキストのアルファベットを慎重に追いかけながら翻訳し始めた。

「下へ、下へ、下へ。アリスは穴の中へ降りていきました」

「彼女は地球の中心へ行ったのでしょうか？」

「いいえ、違います。彼女は奇妙な場所へ行ったのです。彼女はワンダーランドへ行ったのです……」

「どうかな?」

みつおは蜘蛛矢と絵美理を恐々と見た。

「なかなかいいね」と蜘蛛矢が微笑んだ。

「ま、いいんじゃない」絵美理も頷いた。

「僕さ、『鏡の国のアリス』の中のハンプティ・ダンプティとアリスの出会いの場面が好きなんだ」

みつおは『ニュークラウン』のページを再びパラパラとめくった。

「Humpty Dumpty sat on a wall.〔ハンプティ・ダンプティ・サット・オン・ア・ウォール〕」

即座に蜘蛛矢がハンプティ・ダンプティとアリスの邂逅の場面を諳んじてみせた。

「いい発音だね、ネイティブみたい!」

みつおは蜘蛛矢の英語の発音のよさに感心している。

「蜘蛛矢君、あなた、アメリカに住んでたことあるでしょう?」

「なぜそう思うんだい?」

蜘蛛矢は絵美理に鋭い眼差しを向けた。

「だって、発音がアメリカ英語だから」

「実はつい最近、アメリカから帰ってきたのさ。けど、イギリスにも昔、数年住んでいたことがあるけどね」

　蜘蛛矢はポーンの駒を動かした。

「マジで？」猛が驚いている。

「仕事か？」

　守が駒の配置を考えながら言った。

「そうだよ。君たちとの戦いの後、僕は職種を変えたんだ」

「職種？」猛が目を細めた。

「ああ、今はＳＰとかボディー・ガードの仕事をしている。悪くない仕事だ。報酬もいい」

「そうか」守が微笑んだ。

「じゃあ、ここ一年の間、アメリカで要人の誰かを守ってたってことか」

　猛が訊ねた。

「まあ、そんなとこだね。チェック・メイト！」

「ああ、またおれの負けか……蜘蛛矢、おまえ、ほんとに強えな」

　守は悔しそうだ。

「いや、人並みだよ。そんなことより……」

「なんだ、もったいぶらずに言えよ」

　猛がせかした。

「一角獣率いる聖獣使いたちは、僕たちを一種のワンダーランドへとおびき寄せてバトルを仕掛けてくるだろうね」

「具体的に言うと？」みつおが厳しい表情になった。

「つまり、我々は彼らが構築した別次元の奇妙な世界へ移動して、そこで戦わなきゃならないってことさ」

「だろうな」守が腕組みをして頷いた。

「ダウン、ダウン、ダウン」

絵美理が『不思議の国のアリス』のワンダーランドへの移動の場面を英語で朗唱した。

「望むところだ」猛が高揚して立ち上がった。

「僕はできれば、誰とも戦いたくないけどな」

みつおは椅子から立ち上がって、窓越しまで歩いていき、雨空を見上げた。

「あいつ、またあんなこと言ってやがる」

猛がチッと舌を鳴らした。

「まあ、それがみつおの良さでもあるんだけど」

絵美理は再びペーパー・バックを読み始めた。

みつおはガラス窓をそっと開けてみた。窓越しに六月の雨の匂いが入りこんできた。中学校の校庭には紫陽花が雨を浴びながら誇らしげに咲いている。ピンク色の紫陽花、紫色の紫陽花そして、青色の紫陽花……みつおはふと青色の紫陽花に目を向けた。青色の紫陽花の上を小さなカタツムリが左から右にゆるやかに移動するのが見えた。雨は穏やかに降り続いている。校庭に植えられている大きな桜の木の上から、三本足のカラスが雨に濡れて黒く輝きながら、みつおたちのいる教室を静かに見守っていた。

現実世界と並行世界をつなぐ者

茂子は家のガレージからハイブリッド車を手際よく発進させた。

「みっちゃん、ショコラ、いいわよ、乗って！」

茂子が車の窓を開けて、右手でグーサインを出した。

まず、ショコラが車の後部座席に飛び乗り、続いてみつおが助手席に乗った。茂子はハンドルを豪快に切り、ハイブリッド車は水を得た魚のようにスムーズに進んでいった。川沿いにあるマリア像を擁したカトリック教会を通り越し、海沿いの道を走り去り、高速に乗って、ハイブリッド車はさらにスピードを上げて順調に突き進んでいく。

一学期はすでに終了し、夏休みを迎えた最初の週にみつおたちは龍音《りゅうおん》と闘心の待つ禅龍寺へと向かっていた。中学校初めての一学期におけるみつおの成績はなかなかのものだった。五段階評価で英語と体育そして国語が五だった。数学と理科は四で残りの科目は三だ。みつおの成績に茂子と父の哲彦《てつひこ》も満足していた。それでもみつおのグループの中では、みつおは最下位の猛から数えて二番目だった。なぜなら、絵美理と守そして、蜘蛛矢の三人は学年でトップクラスの優秀な成績を収めていたからだ。猛は体育が五で、あとは全て三と二だった。だが、みつおも猛も他人と比べることなく、各々自分の成績におおむね満足していた。

「おかあさん、このCDをかけよう」

みつおはCDケースから一枚CDを取り出し、カーステレオに入れた。イギリスの男性ボーカルグループ、ワン・ダイレクションのファースト・アルバム。ワン・ダイレクションは元気よく、「ワン・ティング」を歌い始めた。

みつおはワン・ダイレクションの歌声に合わせてハミングした。後部座席のショコラは流れるように変化していく車窓の景色を静かに眺めている。茂子はスムーズにハンドルを回しながら、高速からゆるやかに下りた。そして、ハイブリッド車は山側に向かって進んでいき、大きな螺旋階段のある地点に到着した。茂子は螺旋階段のそばにある駐車場に車を縦列駐車で止めた。

「さあ、みっちゃん、ショコラ、着いたわよ」

まず、ショコラが車から飛び降りた。その後をついていくようにみつおと茂子も降りた。あたりには蝉の声だけが鳴り響いている。ショコラを先頭にして、三人は螺旋階段を上っていき、龍の彫刻の施された山門をくぐり抜けて、禅龍寺に到着した。寺の中から闘心が出てきた。

「ようこそおいでくださいました」

「闘心さん、いつも息子がお世話になっています」

茂子は微笑みながら闘心にお辞儀した。

「こちらこそ、いつもお世話になっています」

背の高い闘心はちんちくりんの茂子の背丈にあわせるように身体を折り曲げて頭を下げた。

「住職がお二人を法堂でお待ちです。ショコラは私が散歩させておきますから、お二人はどうぞ、中へお入りください」

みつおは闘心にショコラをつないでいるリードを手渡した。闘心と白い犬は並んで寺の中庭を歩き出した。茂子と息子は法堂の中へと進んでいった。渡り廊下を通り抜けて、法堂内に入ると、龍音が釈迦三尊像の前に坐していた。二人の姿を確認すると、初老の住職は笑顔で立ち上がって、二人のもとへ近寄ってきた。

「お二人とも、よくおいでくださいました。さあ、こちらへどうぞ」

住職は二人を釈迦三尊像のそばへと招き入れて、高そうな紫色の座布団を二人の前に置いた。

「ここにお座りください」

二人は美しい紫色の座布団の上に座った。

「少しお待ちください。お茶を持ってまいりますから」

「和尚様、お手伝いいたしましょうか?」茂子が立ち上がろうとした。

「どうかゆっくりしてください。それにお渡ししなければならない物も一緒に持ってまいりますから」

「ではお言葉にあまえて」茂子は座布団に座り直した。

五分ほどで龍音は戻ってきた。住職は透明のグラスに入った冷たい麦茶を二人に出した。

「どうぞ」

「和尚様、ありがとうございます。あ、冷たくておいしいですね」

みつおはごくごくと麦茶を飲んでいる。

「みっちゃん、そんな急がずにゆっくり飲んでね」

茂子はバツが悪そうにみつおを見た。

「おかわりはありますから。どんどん飲んでください」

龍音は目じりに皺を寄せながら微笑んだ。

三人は座って静かに麦茶を飲んだ。山風が法堂内に入り込み、軒下にくくりつけられているガラスでできた淡い青色の風鈴を鳴らした。あたりでは蝉が鳴き続けている。一服し終えると龍音は静かに口を開いた。

「長い道中ようこそお越しくださいました。今日来ていただいたのは、みつお君の姿を拝見したかったのと、これをお渡ししたかったからです」

僧侶は少し大きめの紫色の巾着袋をみつおの前に差し出した。

「開けてもいいですか？」みつおは訊ねた。

「もちろん、開けて中身をご確認ください」住職はゆっくりと頷いた。

みつおは巾着袋の中身をのぞいてみた。巾着袋の中には小さな鈴のついた紫色の小さなお守りと紫色の数珠が六つ入っている。みつおはそれを一つずつ取り出して、法堂の床に並べた。

「鈴のついた紫色のお守りが一つに紫色の数珠が六つ……」茂子が中身を確認した。

「お守りの鈴を鳴らしてください」龍音はみつおに促した。

みつおはお守りを右手で持って空中で振ってみた。

「あれ、音がしない。この鈴、音が鳴らないよ」

「では、みつお君、数珠を手につけて、もう一度、鈴を鳴らしてみてください」

みつおは右手に数珠をつけて、鈴を鳴らしてみた。リーン、リーン……とガラス窓を通り抜ける陽光のように透明で美しい音がみつおの耳元に聞こえてきた。

「あ、聞こえた、聞こえた。リーン、リーンってきれいな音だね」

「え、なにも聞こえないわよ」

茂子が怪訝な顔をしてみつおを見た。

「どうぞみつお君のお母さんも、その紫の数珠を腕にはめてみてください」

住職が数珠を一つ、茂子に手渡した。茂子は言われるままに数珠を右手にはめた。

「じゃあ、お母さん、鳴らすよ！」みつおは鈴を鳴らした。

今度は茂子の脳裏にも鈴の音色が響いた。リーン、リーン……ガラス窓を通り抜ける陽光のような透明で美しい響き。

「あ、聞こえました」

「よく聞こえます。これって、もしかして……」

「さよう。この鈴のついたお守りとそれらの紫色の数珠は発信機と受信機のような働きをするのです。鈴の音はその数珠をつけている者にしか聞こえません」

「へえ……なんか不思議ですね」

みつおは数珠を右手首からとってしげしげと見つめた。

「その数珠はアメジストでできています。数珠のいくつかに刻まれている文様は唐草です。唐草の意味は……」

「防御。身を守るという意味ですね」茂子がすかさず答えた。

「さすがはお母様、おっしゃる通りです。唐草模様はそのお守りとお守りについている鈴にも刻まれています」

「すごい……」みつおはただただ驚いてお守りと数珠を観察している。

「和尚様、その鈴つきのお守りは誰に渡したらいいのでしょうか？」

茂子がすかさず住職に訊ねた。

「その答えはみつお君が知っているはずです」

「え、僕が？」みつおは驚いて顔をこわばらせた。

「みつお君、中学校でできた新しい友達のなかで異常に霊感の強い人はいませんか？」

「います。同じクラスの南沢清子さんです」

みつおは間髪入れずに答えた。

「では、新学期になったらすぐ、その方にお守りをお渡しください。そして、なにか危ない目にあいそうになったらその鈴を鳴らすよう伝えてください」

「和尚さん、それって、つまり一角獣軍団が清子さんを狙うっていうことですか？」

「推測の域を出ませんが、その可能性は高いと思います。その霊感の強い生徒さんを媒介にして、みつお君たち、白龍軍団との決戦を開始しようと一角獣獣使いとその仲間たちは目論んでいるはずです」

「和尚さん、そのやり方って、鞍馬天使たちの時のことを思い出すよね。あの時は、大樹っていう異常に霊感の強い男子に蜘蛛矢が接触して、大樹を通して、僕らショコラ軍団と鞍馬天使の軍団のバトルが始まったんだ。今回もあの時と同じようになるのかな？」

みつおは不安げに住職の顔を覗き込んだ。

「おそらく」住職は眉間に皺を寄せながら頷いた。

「聖獣使い同士の戦いは、お互いの霊力の強大さからけん制し合ってなかなか動きがとれないものです。そこに、聖獣と聖獣使いの存在を感知できる霊感の非常に強い人間が現われるとその者を介して、両者が出会い、戦いの幕が開ける……。それは、今も昔も変わらぬ一つの定めと言えるでしょう」

「つまり、大樹や清子さんみたいな霊感の強い人たちは……」

「こちら側とあちら側、すなわち、現実世界と並行世界をつなぐ者」

茂子がみつおの代わりに答えた。

「その通り。彼らのような人は現実世界と並行世界をつなぐ者なのです」

「霊感は強い。けど……」

「彼らは我々のように戦うための霊力を備えてはいない」

住職は鋭い鷹のような瞳でみつおを見つめた。

「だから、その子を守らなくちゃ、そうでしょ、みっちゃん？」

茂子は息子に向かってワイルドな表情で微笑んだ。

「そうだね。わかりました。清子さんに近々、この鈴を渡しておきます」

「そうしてください」住職は再び軽く頷いた。

「和尚さん、残りの五つの数珠は、猛、守、絵美理そして蜘蛛矢君につけてもらったらいいですか？」

「御明察です。彼らに渡してください」

「了解しました」

「みつお君のお母さんも念のため、一つ数珠をつけておいてください」

「承知いたしました」

茂子は住職の顔を見てゆっくりと頷いた。

みつおは数珠とお守りを巾着袋に入れると大事そうに右ポケットにしまった。

その後、三人は寺の中庭に出て、ショコラと闘心と合流した。二人の僧侶はみつおたちと一緒に螺旋階段を下りて、駐車場まで見送ってくれた。

「遠いところをわざわざありがとうございました」

二人の僧侶はみつおたち親子に会釈した。

「こちらこそどうもありがとうございました。これからも息子とショコラをよろしくお願いいたします」

茂子も二人の僧侶に向かって深々と頭を下げた。

「闘心さん、和尚様、じゃあね！」

みつおは白い犬ショコラと一緒に車に乗り込みながら、両手を振ってあいさつした。

「みつお君、ではまた来週の日曜日に」闘心は真剣な表情でみつおに言った。

「ＯＫ！」みつおはほがらかに返答した。

茂子はハイブリッド車を発進させた。二人の僧侶は笑顔で手を振りながらみつおたちを見送っていた。

車は再び高速に乗り、元来た道を真逆に走っていた。みつおは大事そうに紫色の巾着袋を握りしめながら、いつしか眠りにおちていた。後部座席ではショコラもゴロンと横になって眠っている。茂子はアルマーニのサングラスをかけて、車を走らせ続けた。やがて、足矢の町に到着し高速を下りて、川沿いの道を茂子の運転するハイブリッド車は上り始めた。

茂子はマイバッグからごそごそとCDを一枚取り出した。パブロ・カザルスの『バッハ無伴奏チェロ組曲』。茂子はCDをカーステレオに手際よく入れた。パブロ・カザルスの弾く深くて温かみのあるチェロの音色が車内に組み込まれた左右のスピーカーから流れ出した。ハイブリッド車は川沿いのカトリック教会のそばを通り過ぎようとしていた。教会内に設置されている白いマリア像は陽光を受けてほのかに輝いている。車内ではカザルスの奏でる「無伴奏チェロ組曲第一番ト長調」が静かに響き続けていた。

逆さまもまた真なり

「ちくしょう！」

再びみつおは海水の中に落ちた。水しぶきが上がり、波紋が広がった。夏休み最後の日曜日、みつおは闘心とショコラと一緒に修行に打ち込んでいた。早朝五時の足矢浜の海岸線にはみつおたち以外には誰もおらず、海鳥の群れだけが波打ち際を漂っている。

闘心は海水の上に立ったまま、みつおにやさしく話しかけた。

「そうがっかりすることはありません。何度でもゆっくり挑戦しましょう」

「けど、もうこの訓練を始めてから、一〇カ月も経ってしまったよ。ショコラは初日から海の上を歩いた。闘心さんとショコラはいつもぶざまに海の中に落ちる僕を上から神のように眺めているんだ」

愚痴をこぼしているみつおを心配して、ショコラが海の上を歩きながら、みつおに近づき、少年の頭の匂いをかいだ。海水を何度もかぶったみつおの頭は海の匂いが染み込んでいる。

「ショコラ、ありがとう。けど、僕はおまえのレベルまでまだ全然到達できてないよ」

白い犬に心配されながら、少年は悔しそうに下を向いた。

「海水から出て少し休みましょうか？」

行き詰まっているみつおを見かねて、闘心が言った。

「いや、もう少しやらせてください。もう、時間がないんです。多分、秋になったら一角獣軍団が何か仕掛けてくるはずだから。それまでに何とかしないと……」

みつおは再び右足を海水の上に乗せた。そして、左足を乗せて海の上に立とうと試みた。

ザブン、という音が足矢浜の波打ち際に響いた。みつおは再び海水の中にいた。

「くっそー」

みつおは両目を真っ赤にしながら叫んだ。

「一度、水から出ましょう」

闘心はみつおに近づいてきて、おだやかに述べた。

みつおは波打ち際から出て、白い砂浜に座った。続いて、ショコラと闘心も海から出てみつおのそばに座った。三人は並んで波打ち際を眺めていた。かもめが海上を飛んでいくのが見えた。潮風がやさしくみつおたちの頬を撫でた。

「どうしてできないんだろう……」

半分あきらめたようにみつおがつぶやいた。

海岸線では波が寄せては返す音が聞こえている。近づいてきた小さな波がさわやかな海の匂いを運んできた。

「きっかけをつかめていないだけですよ」

「きっかけ？」

みつおはじっと闘心の顔を覗き込んだ。

「そうです。こつとでも言えばいいでしょうか。私がみるところでは、あと少しなのです。あと一歩で君は海の上に立つことができるはずなのです。そうすれば、一角獣とも戦うことができる。ですが……」

「ですが？」

みつおは闘心の言葉を繰り返した。

「みつお君の気持ちが空回りして、心と身体が一つになっていないのです。つまり、心という小宇宙と身体というもう一つの小宇宙の統一がうまくなされていないと言えば良いでしょうか」

「難しいことはわからないけど、歯車と歯車がうまくかみ合っていない感じですね？」

「そう、まさにそうなのです」

二人は再び押し黙った。寄せて返す波の音に混じって、かもめが鳴く声が聞こえた。

ショコラがおもむろに立ち上がって、波打ち際まで歩いていき、海の上に立った。そして、白い犬はそのまま仏陀かあるいはキリストのように海の上を水平に進んでいく。その時だった。海の中からバシャッという音がして、魚が一匹飛び上がってきた。ショコラはその魚をまねるかのように飛び上がった。白い犬と大きな魚が空中にひらりと舞い上がった。その情景は時間と空間が静止したかのようにみつおには見えた。まるで映画のストップ・モーションのようだ。身体を翻したショコラと反転した魚の姿が空中で凍結したかのように見えた。みつおの脳裏に一陣のさわやかな風が流れた。やがて、ショコラは海水の上に再び立ち、魚は海中へと姿を消した。海の上には静かに同心円上の波紋が広がっていく……。少年は猛々しく立ち上がった。

「そうか、その手があったか！」

少年は静かに波打ち際へと歩み寄った。

海水の中に入った少年は水の上に聖者のように立っている白い犬のそばに近寄った。背の高い僧侶も再び波打ち際に行き、水の上に立った。みつおは瞳を閉じて、大きく深呼吸した。そして、上半身を深く沈めた後、勢いよく飛び上がった。みつおの身体が海の上を舞った。みつおは身体を反転させ、宙返りをし、そのまま逆立ちの状態のまま右手を下に突き出した。みつおの姿を見ていた闘心には、少年のまわりで時空が停止したかのように見えた。みつおの右手が海水に触れた。そして、そのまま少年の手は海水の中へと沈むことなく、水面上で止まった。みつおはブレイクダンスを踊るB・ボーイのように右手だけで逆立ちを決めた。それも海の上で。

「やったー」

逆立ちをしたままみつおは歓喜の声をあげた。

「すばらしい！」

闘心も両手を上げて自分のことのように喜んでいる。

「みつお君、そのまま両手を使って、逆立ちしたまま海の上を歩いてみてください」

「やってみます」

少年は逆立ちしたまま頷いた。

右手、左手、右手、左手、右手……背の低い少年は沖に向かって逆立ち歩行を始めた。バランスのとれた状態でみつおは一歩一歩確実に進んでいく。その横をショコラと背の高い僧侶も一緒に歩いている。逆立ちしたままみつおが闘心に言った。

「闘心さん、少し離れていてください。いいことを思いつきました」

「わかりました」

闘心はジャンプして遠くへと着地した。

「ショコラ、行くぜ！」

みつおは白い犬に目配せした。ショコラはみつおを見てベロンと舌を出した。

みつおは逆立ちしたまま両手と両足を回転させ始めた。まるでオリンピックの体操選手のように。静かに回転し始めたみつおの身体は速度を増していき、みつおのまわりには竜巻のような風が生まれていく。竜巻が巨大化し始めた時、ショコラが空中へと飛び上がった。みつおのまわりを旋回していた竜巻は消えて、空中を滑空しているショコラの開かれた口からドラゴンの形をした風が飛び出し、その風のドラゴンは回転しながら、大きな波をあちこちに発生させて、沖へと消えていった。みつおは再び飛び上がって、水面に着地した。ショコラも海の上へとしなやかに舞い降りた。

「闘心さん、どうですか？」

少年はゼイゼイと息急《いきせ》き切りながら訊ねた。

「見事です。ついに心と身体を統一させ水面歩行を完成させましたね」

「闘心さんのおかげです。海の上を舞う魚とショコラの姿を見て閃いたんです」

「そう、君はついにきっかけをつかんだのです」

「それで、あの技はなんという名にするのですか？」

闘心は興味津々《しんしん》な様子でみつおの顔を見た。

「風神菩薩回転波《ふうしんぼさつかいてんは》、です」

「いいネーミングですね」

闘心は微笑んだ。

「ところで、闘心さん。こんな形で構わないでしょうか？」

「どういう意味ですか？」

僧侶は驚いて少年の顔を見た。

「いや、水面歩行はできたけど、逆立ち歩行だから……」

少年はバツの悪そうに弁解した。

「ぜんぜん、ＯＫですよ」

闘心はきっぱりと言った。

「ほんとに？」

「ええ、逆もまた真なり。逆立ちもまた真なり、です」

海上ではいまだ、みつおとショコラが引き起こした竜巻のせいで、大きな波が行ったり来たりしていた。早朝の太陽を受けていくつもの波がきらきらと輝いている。

「逆立ちもまた真なり……」

少年は寄せては返す大波を見つめながら僧侶の言葉をゆっくりと反芻した。

少女のもとに集う聖なる五人の勇者

「おい、見てみろよ。あのでっかい足跡……」

二学期が始まった朝、全校朝礼に出席するためグラウンドに集まった生徒たちがざわめいていた。グラウンド中に恐竜の足跡のような大きな動物の歩いた跡が残されていたのだ。サイズは恐竜を彷彿させるが、形はむしろ熊の足跡に似ている。みつおたち白龍ショコラ軍団も全校朝礼に出席するため、グラウンドに来ていた。

「おい、みつお、これって……」

猛が鋭い眼差しをみつおに向けた。

「うん」みつおは険しい表情で頷いた。

「巨大な聖獣の足跡のようね」

絵美理も真剣な面立ちで巨大な足跡を静かに眺めている。

「ばかでかい熊さ。クックックックッ」

蜘蛛矢が遅れて姿を現わした。

「蜘蛛矢、おまえ知っているのか？　この足跡の正体を？」

守が目を細めながら、蜘蛛矢に訊ねた。

「まあね。僕はこいつと因縁があってね。それより、感じないか？」

「感じるよ、もちろん、強大な霊圧を五つ」みつおはあたりを見渡した。

「それに、うっすらと見えるわ。奴らが創り上げた並行世界の輪郭が……」

絵美理は右手で髪をかきあげた。

「なあ、蜘蛛矢、もうバトルが近づいてんじゃねえか？」

猛が再び巨大な足跡を凝視した。

「ああ、もうすぐだろうね。奴らは必ず動き出すはずだ」

蜘蛛矢は時計塔を見上げた。

「あのさ、みんなにつけてほしいものがあるんだけど」

みつおはごそごそと紫色の巾着袋を広げて、猛、守、絵美理そして蜘蛛矢に紫色の数珠を渡した。

「数珠か……」と守。

「なんのために？」と絵美理。

「とりあえずみんな腕につけてみて」みつおがうれしそうに催促した。

「つけたぜ」猛がしぶしぶ数珠を右腕にはめた。

「じゃあ、このお守りについている鈴を鳴らすね」

みつおがお守りを取り出して鈴を鳴らした。透明な鈴の音が四人の耳元に鳴り響いた。

「澄んだ音だな」守が静かに微笑んだ。

「じゃあ、今度は数珠をとってみてよ」

「注文が多いな」猛はしぶしぶ数珠をはずした。

「じゃあ、鈴を鳴らすよ」

　みつおはお守りを揺らした。だが、今度は誰にも鈴の音は聞こえなかった。

「なるほど。その鈴の音はこの数珠をつけている者だけにしか聞こえないような仕組みになっているわけか」

　守は興味深そうに数珠を観察した。

「つまり、その鈴のついたお守りが発信機で、この数珠が受信機だね。秘密の連絡を取りあうための密具かなにかだな」

　蜘蛛矢が数珠を観察しながらその機能を分析した。

「そういうこと。このお守りをね、今日この学校のある女子生徒に渡すから」

「わけわかんねえよ。そいつとおれらと何の関係があるんだ?」

　猛が苛立った。

「霊感が異常に強い子に渡すんだろう。そうじゃないか、みつお君?」

　蜘蛛矢が中折れハットを右手で触りながら言った。

「さすが、蜘蛛矢君。察しがはやい。その理由はね……」

「一角獣たちがその子を媒介にして、我々にバトルを仕掛けてくる可能性が高いからだろう？　かつて僕と鞍馬天使が大樹を通して君たちと接触を図ったように」

　蜘蛛矢は再び時計塔を見据えた。

「その通り。だから、みんなその数珠をつけといてね」

　みつおが真剣な表情で四人を見た。

「ＯＫ！」と絵美理。

「わかった」と猛。

「よし」と守。

「もちろんだよ、クックックックッ」蜘蛛矢がニヒルに笑った。


　二時間目の休み時間、みつおは南沢清子の座っている席まで行って声をかけた。

「南沢さん」

「あ、神坂君。ひさしぶりだね」

「うん、そうだね。あのね。今日のお昼休み、時間ある？」

「あるよ」

「それはよかった。お昼休みにね、音楽室の前の渡り廊下でゆっくり話せないかな？　あそこはいつも人がいなくてゆっくり話せるから」

　みつおはやさしい表情で少女に話しかけた。

　南沢清子は黒い瞳をじっとみつおに向けた。

「いいよ。私も神坂君と話したいと思ってたとこなの」

「じゃあ、お昼休みよろしくね」

　みつおは笑顔で少女の席から離れた。


　昼休みになった。校内のスピーカーからは大きめの音量でアリアナ・グランデの歌う「ブラッド・ライン」が流れている。みつおは急いで最上階にある音楽室の前の長い渡り廊下に向かった。みつおが到着した時、すでに南沢清子は廊下に来て立っていた。

「南沢さん、ごめん。待った？」

「ううん、私も今、着いたとこ。神坂君、実は私も話したいことがあるの」

「じゃあ、まず君の話から聞こうか」

　みつおは息を整えながら清子の顔を見た。

「最近、奇妙で怖い夢をよく見るの」

「夢？」

「そう。場所はこの学校とそっくりの建物なんだけど違う世界のものみたい。時刻は真夜中で真っ暗な中、私は時計塔の上の柱にくくりつけられている。私のそばには大きな一本の角を生やした動物がいて、そのまわりには大きな熊みたいなのが歩き回り、蝙蝠みたいな幾つかの影が空中を旋回し、黒い蛇のような影が渦巻き、鉄のような甲羅でおおわれたサソリっぽい動物がゆらゆらと動いている。『助けて！』と私は大声を出すけど誰も助けに来ない。そして、夢から目覚める……」

「うーん……」

みつおは両目を閉じて清子の話に耳を傾けていた。

「どう思う?」

「それはたぶん、一緒のデジャ・ヴュだと思う」

みつおは言葉を慎重に選びながら言った。

「デジャ・ヴュ?」

「そう。予知夢のことだよ。人間の中には自分の身に起こることを夢であらかじめ見る人がいる。おそらく、君の場合もそうなんじゃないかな」

「じゃあ、私は……」

清子は真っ青な顔になった。

「けど、誰も助けに来ないというところだけは違うと思う」

みつおはきっぱりと断定的に答えた。

「ほんとにそう思う?」

「ゼッタイそうさ。君も感じているだろう。二学期が始まってから、すごい霊気が学校中に漂っているのを。例えば、全校朝礼の時見たあの巨大な足跡。いくつかの動物が身を隠しながら旋回しているようなこの空気。奴らはチャンスを狙っている」

「それって、私を捕まえるための?」

「断定はできないけど、その可能性は高いと思う」

「学校を休めば避けられるかな？」

少女はみつおの顔を心配そうに見た。

「おそらく、来ても来なくても同じだと思う。結果的に君は彼らにつかまってしまうだろう」

「でも、なんで私なの？　どこにでもいる平凡な中学生の私がなんで？」

「それは君が特別だからさ」

みつおは真剣な表情で清子の顔を見つめた。

「私が特別？　そんなのありえないよ」

「いや、君は特別なのさ。だって、君は異常なほど霊感が強い。五体いる全ての聖獣使いの姿を透視し、奴らが次元を異にする並行世界で作り上げている建物そのものも見破ってしまった。そして、今、僕は君から、聖獣使い全ての外見的な特徴と並行世界がこの学校そっくりに構築されていることを教えてもらったんだ。奴らにとって、君は危険な存在なのさ。秘密裡に進めている計画が全て明らかにされてしまう。だから、自分たちの手中に君をおいておきたいと考えている……僕はそう見た」

みつおは冷静に清子の霊能力と彼女を取り巻く環境を分析した。

「じゃあ、私はどうすればいいの？」

少女は泣きそうになった。

「何も怖がることはないよ。この鈴のついたお守りを君にあげるから」

みつおは紫色の巾着袋から鈴のついたお守りを取り出し、清子に渡した。

「これは？」

「お守りだよ。そのお守りを振って鈴を鳴らしてみて」

清子はみつおに言われたままにお守りを振って鈴を鳴らそうと試みた。だが、鈴は鳴らなかった。

「この鈴、鳴らないよ」

清子は不安そうな表情になった。

「いや、鳴っているんだ。でも、この紫色の数珠をつけている人の脳裏にしか音色が響かないのさ」

みつおは右腕につけているアメジストでできた紫色の数珠を少女に見せた。

「さあ、これを腕につけてもう一度鳴らしてみて」

みつおはやさしく少女を促した。

「うん」

清子は数珠をはめて、再び鈴を鳴らそうと試みた。

「あ、聞こえた。聞こえたよ。リーン、リーンって、なんかガラス窓をすり抜けていく朝日のような透明な音だね」

「その鈴のついたお守りは発信機で、この数珠がその音を察知する受信機なんだ。でも、君も感知したように、鈴の音色はこの数珠をつけている者の脳裏にしか響かない。つまり、こっそりと発信者の居場所を教えてくれる一種の道具なんだ。君がその夢に現われた奴らにつかまったら、そのお守りを左右に振ればいい。そうすれば、僕らが君を助けにいく」

「僕ら？」

「そう、僕らさ」

　みつおは自信に満ち溢れた顔で清子を見つめた。

　その時、階段をバタバタと上がってくる幾つかの足音が聞こえてきた。

「この階段なげえ……」

　猛がハアハア言いながら渡り廊下に着いた。

「あ、国元君」清子は驚いた。

「確かに息が切れるな」猛の後ろから守が現われた。

　それから渡り廊下の窓が外側からさっと開いて、外から黒髪の少女がふわりと廊下に着地した。絵美理だ。

「大丈夫みたいね」

　絵美理は清子を見ながら静かに笑った。

　そして、渡り廊下がグラグラと揺れるような感覚に見舞われた。清子は自分の後ろをさっと見た。そこには中折れハットをかぶった蜘蛛矢の姿があった。

「まだ、奴らは現われていないようだね。クックックックックッ……」

蜘蛛矢は渡り廊下を端から端までさっと見渡した。

「神坂君、この人たちって……」

「僕の仲間だ。猛、守、絵美理そして蜘蛛矢君……。君の夢に出てきた一角獣、熊、蝙蝠、サソリ、蛇から君を守るために僕らはここにいる！」

少女のもとに五人の聖獣使いたちが集結した。その構図はまるで正五角形で形成された無敵の布陣のように霊感の強い少女の瞳には映った。清子は白龍軍団の聖獣使いたちを一人ずつ指さしていった。

「神坂君、君は白いドラゴン。国元君、あなたは赤色の獅子。その隣の背の高い人は青色の狛犬。こっちの女の子は二匹の美しい蝶。そして、帽子の人は巨大なまだら模様の蜘蛛！」

「驚いたね。この子の透視霊力はずば抜けている」

蜘蛛矢は左手で中折れハットのつばを触りながら驚きの表情を見せた。

「南沢さん心配しないで、僕らが君を守る、一角獣軍団の手から」

みつおが凛々しく言った。

その時だった。校内放送が流しているアリアナ・グランデの歌声がぴたりと止んだのだ。

「おまえたちにその子を守れるかしら？　ハッハッハッハッ！」

あたりが真っ暗になり、音楽室からベートーベンのピアノソナタが荒々しく響き出した。

突然、暗闇の中から大きな蝙蝠が現われ、その空飛ぶ獣は清子に向かって突進してきた。

「南沢さん、危ない！」

みつおは清子をかばって少女の前に立ちはだかった。

「舞え、ヤマキチョウ！」

絵美理が素早く聖獣を召喚した。

暗闇の広がる天井の高い渡り廊下で巨大な影の蝙蝠と大きな黄色い蝶が交差した、音すらもたてず静かに。数秒間、渡り廊下全体が夜の太平洋のように静まりかえった。

「どうだ、絵美理、倒したか？」守が訊ねた。

「いいえ、でも退散したみたいね」

絵美理は剣のような瞳を天井に向けた。

渡り廊下は明るさを取り戻し、天井のスピーカーから流れてくる音楽は、アリアナ・グランデの歌からダディー・ヤンキーがスペイン語で歌う「ドゥラ」に変わっていた。

南沢清子を五人の戦士たちが取り囲んだ。その姿はまるで聖なる者を守る選ばれし勇者たちのように霊感の強い少女の目には映った。みつおは仲間四人の聖獣使いたちを見渡しながら、力強く清子に言った。

「大丈夫。君のことは僕らが必ず守る」

心の軸の均衡を保て！

「みっちゃーん。晩ごはんできたわよ！」

茂子が大声でリビングからみつおを呼んだ。

「はーい、今行く」元気のない声でみつおは返答した。

少年がリビングに着いてみると、テーブルの上に所せましと餃子が並べてあった。

「さあ、みっちゃん。今日はオッケー牧場・餃子スペシャルよ！」

茂子が右手でグーサインを出した。オッケー牧場・餃子スペシャルは、オッケー牧場・カレーライス、オッケー牧場・グラタンと共に茂子の三大料理の一角を成すスペシャルメニューで、みつおの大好物だ。

「うん。いただきます」

だが、その日のみつおは静かに席について黙々と食べ始めた。

「どーお、みっちゃん、お味のほうは？」

茂子は両目を上下左右に白黒させながら息子に訊ねた。

「あいからわずおいしいよ。ありがとね」

みつおは一瞬にこっと笑った。

みつおと茂子が餃子を食べているそばの床で、ショコラも晩ごはんを食べていた。その日、茂子は白い犬にもスペシャルメニューを用意していたのだ。オッケー牧場・キナコチーズ・ジャーキースペシャルだ。いつもショコラが食べているドッグフードに犬用の四角形のチーズと細やかに切断されたささみジャーキーが配され、その上にキナコがまぶしてある茂子独自のメニューだ。キナコはショコラが老犬になった時に目が緑内障にならないための予防であり、茂子独特のショコラに対する配慮とも言える。ショコラは頭をふりたてて、おいしそうに晩ごはんを食べていた。兄の文彦は家庭教師のバイトからまだ帰ってきておらず、父の哲彦も会社からまだ戻っていなかった。茂子とみつおは晩ごはんの仕上げにカフェインレス・コーヒーを飲んだ。茂子がテレビをつけてみると、ＮＨＫのニュース番組が映し出され、アナウンサーがその日のニュースを読んでいる声が聞こえてきた。晩ごはんがすみ、お腹がこなれると、茂子は立ち上がり、冷蔵庫からたくさんの卵を持って戻ってきた。みつおの母親はそれらを一直線上に二列に並べた。

「みっちゃん、この上を歩いてみて。もうできるようになったんでしょ、水面歩行？　闘心さんから聞いたわよ。一度、お母さんにも見せてみて」

「いいけど、僕はお母さんやショコラ、闘心さんと違って、逆立ちでしか水面歩行はできないんだ。それでもよかったら……」

「もちろんよ」

みつおはしぶしぶ立ち上がると、二列に並べられた卵の前に立ち、逆立ちをした。そして逆立ちをしたまま卵の上を歩き始めた。右、左、右、左、みつおは上手に逆立ちしたまま、卵の上を歩いていく。みつおの後ろをショコラが笑顔で卵の上を歩いた。みつおは一つの卵も割ることなく、見事に卵の上を歩ききった。

「お母さん、どうかな?」

「すごいわ。みっちゃん。グレイトよ!」

「グレイト?」

「そう、グレイトよ。アメイジング! お母さん、最近少し英語を通信講座で勉強してるのよ。その名も『もう一度、イングリッシュ!』すごいでしょ?」

「うん、いいね。けど、不安なんだ」

「何が?」

「もうバトルが刻々と近づいている。一応、できることは全部やったと思う。けど、結果的に、僕は水面歩行を逆立ちでしか体得できなかった。一角獣使いはそこにつけこんでくるんじゃないかと思ってさ」

「うーん」

茂子は腕組みをして少し考えてから、再び話し出した。

「でも、逆立ちもまた真なり。でしょ?」

「同じことを闘心さんも言ってた」

「逆もまた真なり。物事を真逆の視点から眺める。それは大切なことよ。視点の転換から新たな活路が見出される、そうお母さんは思うわよ」

「うん」みつおは自信なさげに頷いた。

「じゃあ、こうしましょう。逆立ち歩行をさらに強化させましょう！」

茂子は力強い口調で言った。

「どういうこと？」

「片手だけで、歩行してみるのよ。右手でおこなう時は、右手、右手、右手と右手だけで進んでいく。左手の時も左手、左手、左手とジャンプしながら左手だけで進む。どうかしら？」

「考えつかなかったな。さっそく、やってみるよ」

みつおは真剣な表情で逆立ちになり、右手だけで逆立ち歩行を開始した。右手、右手、右手、右手……少年は右手だけでうまくジャンプしながら卵の上を歩ききった。

「グレイトよ、みっちゃん。アメイジング！　では、今度は左手よ！」

茂子は力強く頷いた。

「うん」

みつおは再び逆立ちをして、今度は左手だけで進み始めた。左手、左手、左手……そこで少年は状態がぶれてグラグラと卵の上で身体が揺らいだ。

「ヤバい……」

みつおは体勢をぐらつかせながら冷や汗をかいている。

「みっちゃん。バランスよ。心の軸がぶれないように！〈心の軸〉の均衡を保つのよ！」

「〈心の軸〉……」

みつおは〈心の軸〉という言葉を聞くと再び体勢を立て直し、バランスを保ちながら正常に左手だけで逆立ち歩行を再開させた。そして、全ての卵を割らずに歩ききったのだ。

「あー。よかった。何とか左手だけでも歩ききったよ」

みつおは笑顔で母親の顔を見た。

「いいわよ。みっちゃん。ちょっと待っててね」

茂子はリビングから出て何かを持って戻ってきた。

「みっちゃん。今度はこれを左手につけて左手だけで逆立ち歩行をやってみて」

茂子は息子にリストバンドを一つ差し出した。鮮やかなブルーの稲妻模様のロゴの入ったリストバンド。

「ロゴがカッコイイね。これを左手に巻いて逆立ち歩行をやれってこと？」

みつおは母親に訊ねた。

「そうよ」

茂子はブルーのリストバンドを手際よくみつおの左手につけた。

「これはお母さんからみっちゃんへのプレゼントよ。お守りみたいなものだと思って。これをつけて一角獣たちとも戦ってね。さあ、これでオッケーよ。みっちゃん。これで〈心の軸〉がぶれることはないわ」

「よし」

みつおは再び逆立ちした。左手だけでみつおは卵の上を進んでいく。その姿は水面を進んでいく白鳥のようにとても優雅だ。最後の卵の上に左手だけで立つと、みつおは手を離し、頭の先端だけを用いて駒のように回りだした。グルグルとみつおは卵の上で回転している。そのそばで、ショコラが飛び上がった。白い犬と逆さに回転し続ける少年の姿が空中で重なり合うのを茂子は目の当たりにした。その構図はまるで雲竜図のような力強さに満ち溢れている。そして、みつおとショコラは静かにリビングのフロアの上に着地した。リビングは数秒間静まりかえった。茂子は感銘を受けて立ち上がった。

「グレイト、グレイトよ！　みっちゃん。アメイジング！　これで一角獣に勝てるわ。これでオッケーよ。オッケー牧場よ！」

茂子は顔をどこかのおじいさんのようにくしゃくしゃにしながら微笑んで、両手でグーサインを出した。

みつおは左手につけたブルーの稲妻模様のロゴの入ったリストバンドを見せながら静かに母親に向かってグーサインを提示した。

「〈心の軸〉の均衡を保て！　だったね」

グーサインを出している少年のそばで、ショコラが瞳を緑色に輝かせていた。

第三章

影一角と
将棋の駒の戦士たち

大きな油絵を通り抜けて

　一〇月初旬のある日、南沢清子が二時間目の休み時間に突然、姿を消した。三時間目の国語の授業が始まってみると、清子の机だけがポッンと空席になっていたのだ。国語の教師が黒板に授業内容を書いている姿を確認してから、猛がみつおに話しかけてきた。

「おい、みつお」

「うん。南沢さんのカバンもあるし、帰宅したわけではないよね」

　みつおも心配そうだ。

「どうする？」

「しばらく様子をみようよ。もし何かあったら彼女から連絡があるはずだし。猛、紫の数珠はつけてるよね？」

　授業中であることを考慮して、みつおは小声で話した。

「ああ。つけてるぜ。じゃあ、しばらく様子をみてみよう」

　猛は国語の教科書を開いた。

三時間目の休み時間、みつお、猛、守、絵美理そして蜘蛛矢は清子の件を話し合うため、急遽、渡り廊下に集結した。清子がいなくなってしまったことをみつおは仲間たちに説明した。

「うーん、そうか」守が腕組みをした。

「とりあえず、今は状況を静観するしかないんじゃない？」

蜘蛛矢が冷静な表情で言った。

「そうだよ。何かあったら鈴の音を使って連絡してくるはずだし」

絵美理が窓越しに外を眺めた。

「うん。君たちの言うとおりだと僕も思う。とにかく今は、このまま教室で授業を受けながら南沢さんからの連絡を待つしかないね」

みつおがみんなの意見をまとめた。

「ＯＫ」絵美理が言った。

「わかった」双子の兄弟が口をそろえて答えた。

「ではまた後ほど」蜘蛛矢はさっとその場から姿を消した。

そして昼休みになった。みつおと猛は教室で昼ごはんを食べ終わりかけていた。天井のスピーカーからはビリー・アイリッシュの歌う「バッド・ガイ」が大音量で流れていた。みつおは茂子が作ってくれたオッケー牧場・ハンバーグを食べ終わり、仕上げに母親が入れてくれたタコの形をしたピンク色のウィンナーを二つおいしそうに食べた。一方、猛は売店で買った焼きそばパンとメロンパンを食べ、仕上げにグリコのカフェオレを飲んでいた。二人はそれぞれの昼食を食べ終わった。教室の天井のスピーカーはビリー・アイリッシュの歌が終わり続けて、マルーン・ファイブの楽曲、「メモリーズ」が聴こえている。マルーン・ファイブの歌をぼんやりと聴いていると、英語の歌声に混じって、澄んだ鈴の音がみつおと猛の脳裏に響き始めた。猛がカバンを持って立ち上がった。

「おい、みつお！」

「さあ、猛、行こう！　南沢さんが僕らを呼んでいる」

二人の少年は鈴の音の発信源を探すべく、教室から足早に出ていった。

猛はみつおと並んで走りながら訊ねた。

「おい、どうやって音の発信源を突き止めるんだ？」

「音が大きく聞こえて、明確に聞こえる場所へ向かえばいい。大丈夫だよ。そんなに遠くないはずだ。鈴の音に心を澄ませて耳を傾ければ、おのずとたどり着けるはずだよ」

みつおは迷いなく走り続けた。二人の少年が走り続ける先に体育館が見えてきた。

「どうやら、音の発信源はあの中だな」

走りながら、猛がみつおの顔を見た。

「うん」みつおは頷いた。

二人は全速力で体育館の中に入り、そのまま大ホールのある二階へと駆け上がっていった。

　みつおと猛が大ホールに到着すると、そこにはすでに蜘蛛矢が来ていた。蜘蛛矢は静かにホールの後ろ側の上方を眺めている。その時、バタバタッという足音が聞こえ、守が到着した。

「ひゃあ、疲れたな。全速力で走ったから」

　守は右ポケットからハンカチを取り出し、額の汗を拭いた。

「あとは、絵美理だけだね」みつおが言った。

「私なら、ここよ」

　絵美理はみつおの後ろに立っていた。

「絵美理、いつの間に！　音もなく現われたね」みつおはびっくりして振り返った。

「あそこだな」猛が蜘蛛矢の見ている方角を指さした。

「ああ、あの絵の中だ」蜘蛛矢が頷いた。

　ホールの後ろ側の壁の上方に二〇〇号を超す、巨大な油絵がかかっていた。その絵は山ノ手中学校の全体図で絵画空間の中心からやや左上に時計塔が描かれている。その絵の中から鈴の音が聞こえてきているのだ。

「あ、光った！」みつおが叫んだ。

「そうだね。絵の中の時計塔の上から赤色の光が照射されている。鈴の音が聞こえるのもあのあたりからだ」

　蜘蛛矢は左手で帽子のつばをにぎった。

「おい、絵の中から煙が流れ出てるぜ」

　猛が鋭い瞳を絵に注いだ。

「タバコの煙の匂い……」

　絵美理が少し咳き込んだ。

「この匂いからすればおそらく、マルボロだろうな」

　守がタバコの匂いを瞬時に分析した。

「おい、みつお。おまえはこれから家に帰ってショコラを連れて戻ってこい」

　猛がみつおの左肩をポンと叩いた。

「そうだね。じゃあ、ここはみんなにまかせるよ。ショコラと一緒にすぐ戻ってくるからね」

　みつおがそう言った瞬間、油絵の中から照射されている赤色の光が強力に輝き出し、少年たち全員の顔を照らし出した。そして、絵の中から男の声がこだました。

「神坂みつお、そうはさせないぞ！」

　大ホール全体が赤色の光で満たされ、体育館全体がグラグラと揺れて、地軸がぐらりと一八〇度反転した。

「ち、逆さまの世界か……」

蜘蛛矢が口元をゆがませた。

「なんだあれは？」

逆さまの世界の中でバランスをくずしながら猛が油絵を見て叫んだ。

耳をつんざくような音が絵の中から聞こえ始め、描かれた時計塔のあたりから、渦巻き状の巨大な竜巻が現われ、その竜巻はみつおたち、全員を取り囲んだ。

「また罠だったたか……」

守が顔をしかめた。

「不思議の国へようこそ、ってか。面白いね。クックックックッ……」

蜘蛛矢が苦笑いした。

「ダウン、ダウン、ダウン……」

絵美理は静かに目を閉じた。

「ショコラ！」

みつおが真っ青な顔をして愛犬の名前を叫んだ。

竜巻はものすごい音を立てて、そのまま少年たちを飲み込み油絵の中へ消えていった。

その後、地軸が再び一八〇度回転して元の状態に戻り、何事もなかったかのように大ホールは静寂に包まれた。無人になった体育館の天井のスピーカーから、昼休みの終わりを告げるチャイムが鳴り響いていた。

ショコラ、飛ぶのよ！

正午が過ぎた頃、茂子とショコラは家でお昼ごはんを食べ終わった。茂子はみつおのために作ったオッケー牧場・ハンバーグの一切れをコーンスープと一緒に食べ終わり、カフェインレス・コーヒーで昼ごはんを締めくくっているところだった。その横で、ショコラは犬用のチーズと骨っこを貪り食べた。茂子は右手に数珠をつけた状態でコーヒーを味わいながら、CDラジカセでダイアナ・ロスの「イフ・ウィ・ホールド・オン・トゥギャザー」に耳を傾けていた。そのそばで、ショコラがこっくりこっくりと居眠りしている。だが突然、茂子の脳裏にダイアナ・ロスの歌声と混じって、澄んだ鈴の音が聞こえてきたのだ。茂子が立ち上がろうとした時、目の前にはすでにショコラが立っていた。ショコラの背中からは緑色の霊気が立ち現われており、瞳の色も真緑色になっている。茂子は急いで冷蔵庫から小さな袋を取り出し、白い犬の顔を見た。

「ショコラ、中学校に行くわよ！」

茂子とショコラは意気揚々と階段を駆け下りた。

茂子は自慢の麦わら帽子をしっかりとかぶり、すばやくショコラの首にリードをつけた。

茂子は注意深く家に鍵をかけた後、猛スピードで中学校目指して白い犬と一緒に走り出した。

昼休みが終わりかけた時間帯、小学校と隣接した中学校の裏門のまわりには数人の生徒たちがたむろしていた。茂子は彼らが校舎に戻っていくタイミングを見計らって泥棒のように中学校内へ侵入した。

「チャンスよ、ショコラ、突入するわよ！」

茂子とショコラは裏門を突破した後、体育館へと続く急な階段を駆け上がっていく。茂子の走りぶりは三十代後半とは思えないほど俊敏で、その姿はまるでハリウッド映画『ランボー』を演じる若き日のシルベスター・スタローンのようだ。その時、昼休みの終わりを告げるチャイムが鳴り出した。鳴り響くチャイムの音を背に炎のランナー茂子と白い犬ショコラは階段を上りきり、そのまま体育館の中へ突入した。

体育館の二階へ突入した二人は無人の大ホール全体を見渡した。

「ショコラ、あれね！」

茂子が右手で大きな油絵を指さした。みつおたちを飲み込んだ油絵からはもうタバコの煙は放出されていなかったが、まだかすかに赤色の光が時計塔の上にちらついている。

「みっちゃんたちはこの中ね……」

茂子は時計塔の上に灯っている赤色の光をキッと睨みつけ、麦わら帽子をぬいでフロアに置いた。みつおの母親はしゃがんでショコラの顔を覗き込み、白い犬の頭を何度も何度も右手で撫でた。その後、茂子はショコラの首からリードを外し、右ポケットから小さなビニール袋を取り出した。茂子はビニール袋の中から犬用の小さなチーズのかけらを二切れ取り出し、ショコラに与えた。

「ショコラ、みっちゃんたちのこと、頼んだわよ！」

白い犬は無言でチーズのかけらを平らげた。

「さあ、ショコラ、飛ぶのよ！」

茂子は右手で巨大な油絵を指さした。

白い犬は背中から緑色の炎のような霊気を放出させて、油絵に向かって全速力で走り出した。ショコラの足元からすさまじい突風が巻き起こり、白い犬はそのまま昇り龍のように空中へと舞い上がっていく。風と化したショコラは油絵の時計塔が描かれた地点まで悠然と上昇し、そのまま鏡を通り抜けるようになめらかに絵の中へ入り込んでいった。並行世界に続く油絵を見上げながら、茂子は小声でつぶやいた。

「ショコラ、みっちゃん、みんな……無事に帰ってきてね！」

その時、体育館の階段から話し声が聞こえてきた。どうやら、二階の大ホールに向かって数人の教師が上がってくるようだ。階段を上がってくる教師たちの気配を感じ取った茂子は、右手で床から麦わら帽子を拾い上げ、すばやくかぶると、忍者のようにさっとその場から姿を消した。

無事に帰ってくるのを待ちましょう

　みつおたちが油絵の中に入り込んだ頃、兄の文彦は在籍する外国語大学の食堂で、友人たちと昼食を食べていた。いつも持ち歩いているノートパソコンがグラグラと机の上で揺れ、緑色の光を発しているのを目にした文彦は、みつおたちが戦いの場へと向かったことに気づいた。

「みんな、わるいけど、今からおれ、図書館に行かなきゃならないから」

「何言ってんだよ、文彦。今、食べ始めたとこだろ?」

　髪の毛を茶色に染め、左耳に金色のピアスをしたおしゃれな男性の友人がびっくりして文彦を見た。

「そうよ。みんなで食べながら、今度行く旅行の話をしてたとこなのに……」

　ブルーのカラーコンタクトを両目に入れ、髪の毛を金髪に染めている派手な服装の女子が文彦をたしなめた。

「そうだよね。けど、おれ、忘れてたんだ。戸田先生のスペイン文学史のレポート、今日までなんだよ。でも、おれまだ全然、書けてないから、今から急いで書かないとマジでヤバいんだ」

「そっか。じゃあ仕方ないな。レポートがんばれよ」

茶色の髪の男子が文彦を激励した。

「文彦、あとでラインしてね」

カラーコンタクトをしている派手な雰囲気の女子が香水の甘い香りを漂わせながら文彦に向けて大げさに両手をふった。

「サンキュー」

文彦はノートパソコンとリュックを背負って、足早に学生食堂を出ていった。

「ヤバい。みつおたちがあちら側の世界へ移動した。もうすぐ、バトルが始まる」

大学図書館を目指して文彦は猛スピードで走っていった。図書館に到着すると、みつおの兄は人の少ない机を陣取って、パソコンを起動させ、床のプラグにコンセントを差し込んだ。続けて、文彦はパソコンを立ち上げ、ドキュメントを開いた。

「『ホワイトドラゴンⅡ』さあ、これだ！」

文彦は手際よく文書を開いた。文彦が文書を開くと、そこに映像が浮かび上がってきた。白い犬ショコラが飛び上がって、巨大な油絵の中に入り込んでいった。その姿を見定めた後、麦わら帽子をかぶった茂子が忍者のように体育館からさっと姿を消した。茂子の姿が消えた後、映像はグルグルと画面上を旋回し、日本語の並んだ文章へと変化した。

「母さん、ありがとう。ショコラを並行世界に送り届けてくれたんだね」

文彦は画面を見ながら母親に礼を言った。

「もうバトルが始まりそうだ。ショコラ、みつお、猛、守、絵美理そして蜘蛛矢……。おれもおまえらと一緒に向かうぜ。あちら側の世界へ！」

文彦はパソコンに向かって勢いよく文章を打ち込み始めた。


ショコラが油絵を通り抜けて、並行世界に向かった頃、禅龍寺の法堂で龍音と闘心は釈迦三尊像の掃除をおこなっていた。闘心は突然、普賢菩薩にはたきをかけるのをやめた。

「お師匠様……」

闘心は釈迦如来像に雑巾がけしている龍音の方を見た。

「白龍があちら側の世界へ向かったようです」

「そのようだな」

初老の老人は掃除をする手をとめて、弟子の顔を見た。

「これから山ノ手中学に行こうと思うのですが、いかが思われますか？」

「それがいい。早く支度をして中学校へ向かいなさい」

住職はこくりと頷いた。

「だが闘心、わかっておるな？」

「手出しはするな。見守るだけ、ですよね？」

真剣な表情で闘心は住職の表情を窺っている。

「ならよい」

龍音は闘心の持っていたはたきを受け取った。

「では行って参ります」

「それから、闘心。あちら側には行かずに、中学校のそばで待機しておくように」

「心得ました。絵の中に入り込むのは、最悪の事態の場合のみ、ですよね？」

「その通り。では頼んだぞ」

闘心は左手に槍を、右手に裹頭《かとう》を手にするとその場からさっと姿を消した。

龍音は釈迦如来像の顔を見ながら両手を合わせた。

「釈迦如来様、どうか少年たちをお守りください」

住職はしばらくの間、金色に輝く釈迦如来像の前で拝み続けていた。


闘心が瞬間移動を使って山ノ手中学校の正門前にたどり着くと、そこには麦わら帽子を深々とかぶった茂子が腕組みをしながら立っていた。

「あ、闘心様」

麦わら帽子の奥で両目をきょろきょろさせながら茂子が闘心に会釈した。

「みつお君のお母さん」

闘心は茂子の姿に気づき、頭を下げて挨拶をした。

「もうじき、始まりますね」僧侶が言った。

「ええ。だから、私、みんなが無事に帰ってくるのをここで待っているんです」

腕組みをしたまま心配そうに茂子は言った。

「大丈夫ですよ。彼らは立派に戦い抜くはずです。みつお君たちのことを信じ、彼らがこちら側の世界に無事に帰ってくるのをここで待つことにしましょう」

闘心はみつおの母親に微笑みかけた。

茂子と闘心はふと空を見上げた。秋空はどこまでも晴れわたっていた。山ノ手中学校の上空を龍の形をした細長い雲がゆっくりと通り過ぎていった。

御神体は全ての邪気を跳ね返す!

「痛え、ここはどこだ?」

地面に倒れたまま猛は暗闇の中、右腕につけているカシオの腕時計を見た。時計の針は午前一時五分を指している。

「時間が一二時間進んでるな。逆さまの世界に着いたようだ」

猛はゆっくりと地面から立ち上がった。

「みつお、絵美理、猛、蜘蛛矢……」

誰からの返事もない。どうやら、竜巻に巻き込まれて油絵の中に入り込んだ後、みんなバラバラになってしまったようだ。

猛は空を見上げた。空高く満月が浮かんでいる。満月のそばを霞雲が通りすぎた。猛はあたりを見回した。

「ここはもしかして……」

見覚えのある広い空間を見渡しながら、記憶を辿ろうとした時、近くで声が響いた。

「ここに見覚えがあるだろう？　そうだ。ここは裏山のテニスコートさ。おまえが、桂馬の駒、すなわち、鉄クワガタ使いを倒した場所だ」

「どこだ？」

猛は地面に落ちている、カバンから妁を取り出し、戦闘態勢を整えた。

満月に照らされたテニスコートに一つ巨大な影が現われた。巨大な蛇の影。そして、猛の立つ前方に一七五センチぐらいの背丈の男の姿が浮かび上がった。黒髪を後ろで束ね、丸眼鏡のサングラスをかけている。鼻の形はやや鉤鼻で唇は薄い。黒いシングルのライダースジャケットに身を包み、黒い革のズボンに先のとがった黒いブーツを履いている。男はゆっくりと数歩、猛の方へ歩み寄った。

「おまえが来るのを待っていたぞ、国元猛。おれの名は、蛇頭幻英《じゃとうげんえい》。銀の駒を持つ黒大蛇使いだ」

男は黒水晶でできた銀の駒を空中に放り投げ、右手を突き出して呪文らしきものを唱えた。

「蛇《じゃ》の道は蛇《へび》。幻影到来邪宗門。発動、黒大蛇！」

　空を舞っている銀の駒がみるみるうちに七メートルほどある真っ黒い大蛇へと変化し、静かにテニスコート上に着地した。

「さあ、国元猛。おれがこのテニスコートでおまえを叩き潰してやる」

「でかい口叩いてんじゃねーぞ、蛇野郎！」

　猛は竍を胸元に携え、神道系の呪文を唱えた。

「至真至誠《ししんしせい》、一心奉祷《いっしんほうのう》、神通自在《じんつうじざい》、神力深妙《じんつうしんみょう》……」

「ア・ジ・マ・リ・カム！」

　暗がりの中に赤色の炎の柱が顕現し、その中から勇ましい赤獅子が現われた。

「行くぜ、赤獅子！」

　猛は両手を蛇頭幻英に向けて突き出した。

　だが、前方にいたはずの蛇頭の姿が見当たらない。猛は少しあせった。

「くそ、どこだ？」

「ここだ！」

　蛇頭は猛の目の前に高速移動していたのだ。黒大蛇使いは右の手のひらを少年に向けて攻撃を仕掛けてきた。猛はとっさに竍がプロテクター化した防具のついている左腕をかざして蛇頭の攻撃を凌いだ。蛇頭は体勢を整え直すと、再び高速移動して一〇メートルほど離れた元の立ち位置に戻った。

「さすがに速いな、今度はこっちの番だ！」

猛は左手で黒大蛇を指さした。

「行け、赤獅子！」

猛は赤獅子に命じた。

赤獅子はものすごいスピードで巨大な黒大蛇に襲いかかっていった。だが、赤獅子の二本の前足による攻撃は黒大蛇の時計まわりの幻影的な動きによって軽くかわされてしまった。

「国元猛。おれは残次のようにはいかないぜ」

「あ？」猛は眉間に皺をよせた。

「おまえが倒した黒カマキリ使いは下級の聖獣使い。鞍馬天使が統率していた連中はみな、聖虫、つまりは巨大な昆虫で、下位の聖獣だ。それに比べ、我々、一角聖王様率いる軍団は本物の聖獣使いだ。いわば、やつらと我々の間には、武士の階級における旗本と足軽ほどの歴然とした差がある」

蛇頭は余裕の笑みを浮かべた。

猛は蛇頭の顔を睨みつけた。

「何言ってんだ、てめーは？　おれにはそんなことカンケーねーな。それに……」

「それに、なんだ？」

蛇頭がサングラスを左手で触った。

「おれの見たところ、てめーはあのカマキリ使いより弱いね。それも格段に」

蛇頭は怒りで顔を真っ赤にした。

「何を言い出すかと思えば、おまえはわかっていない。聖獣使いと聖虫使いの間に横たわる埋めることのできない実力の差が。おまえは愚かな奴だ。すでにわが術中にあるとも知らずにそんな減らず口をたたくとは。いいだろう。冥土の土産に見せてやろう。わが、幻影蛇頭拳の恐ろしさを」

猛は「はあ」とため息をついた後、答えた。

「ガタガタ言ってないで、見せてみろよ」

黒大蛇は猛と赤獅子に向かって時計回りに緩やかに動き始めた。巨大な蛇は残像を残しながら、夢見るように動き続けている。

「夢見ているようだ。焦点が合わねえ……」

猛は目を細めながら、黒大蛇の動きを追っているが、その軌道を正確にとらえることができていないようだ。だが、懸命に猛は赤獅子に指令を出した。

「行け、赤獅子！」

赤獅子は猛の命令通り、黒大蛇めがけて突き進んでいった。だが、黒大蛇は高速で時計回りに移動し続け、猛の獅子はその軌道を捕《とら》えることができない。赤獅子は何度も黒大蛇めがけて猛進していくが、空振りを繰り返した。

「くそ、動きが変則的で捕えられない……」

猛は額から冷や汗をかきながら、下唇を噛んだ。

「言っただろう。聖虫を相手にするのと、聖獣を相手にするのとでは各段のレベルの差があると。では、そろそろ終わりにしようか」

蛇頭は猛と赤獅子に向けて両手を広げた。

「蛇頭幻影拳奥義・八頭並走刃《はっとうへいそうは》！」

円を描きながら、猛と赤獅子のまわりを旋回していた黒大蛇は八体に分裂し、八方向から同時に赤獅子に向かって飛びかかってきた。

「赤獅子、逃げろ！」

猛が悲痛な声をあげた。

だが、八体の大蛇は同時に赤獅子の身体に食らいついた。やがて、七対の幻影が姿を消し、本体の一体が赤獅子の首を噛み砕くガリッという音だけが暗闇に覆われたテニスコート内に響いた。赤獅子はドサリと音を立てて、テニスコート上に沈んだ。猛はその場に茫然と立ちつくし、赤獅子は地面に倒れたままピクリとも動かない。勝利を確信した蛇頭の高らかな笑い声が鳴り響いた。

「ワッハッハッハッ！　どうだ、国元猛、これが本物の聖獣使いの実力だ。高い身分の聖獣と聖獣使いを前にしては、おまえのような神社の守り獣など何もできずに、破れ去るのみなのだ。ワッハッハッハッ！」

満月のそばを霞雲が通りすぎ、テニスコートに一陣の風が走り抜けた。

「なるほどな。蛇頭幻影拳奥義、とくと拝ませてもらったぜ」

蛇頭が立っている背後から声が聞こえた。黒大蛇使いは驚いて振り返った。そこには猛と赤獅子が威風堂々と立っていたのである。

「まさか……」

蛇頭の顔は真っ青になり、猛と赤獅子を凝視した。

「確かに、確かに仕留めたはずだ」

「いや、おれたちはぴんぴんしてるぜ。黒大蛇使いさんよ」

猛はにやっと笑った。

「だがどうして……おまえはわが術中に完全に落ちていたはず……」

猛は冷めた目を蛇頭に向けながら、左腕を覆っているプロテクター化した妁を蛇頭に向けて広げ、前方の一部分を開いてみせた。プロテクターの内部空間には小さな鏡が埋め込まれてあるのが見えた。

「鏡？」

「そうだ。鏡、正確にはこれは足矢神社の御神体の一部だ。おまえが、おれに近づいてきて右手を突き出した時、とっさにこの鏡でおまえの攻撃を凌いだのさ。まあ、攻撃というよりは、御神体でおまえが繰り出した催眠術を跳ね返したというべきだろうがな」

「鏡でおれの幻影催眠波を凌いだだと？」

「そうだ。聖なる鏡である御神体は全ての邪気を跳ね返す！」

「では、おれは……」

「自分で自分に催眠術をかけて、独り相撲をとっていたわけだ。おまえが、自慢の幻影拳法を披露していた時、おれは背後からゆっくりと蛇頭幻影拳の特性を観察していたのさ」

全てのからくりを知った後、蛇頭は憤慨して顔を真っ赤に染めた。

「おのれ、国元猛。下賤な身分の聖獣使いのくせに、高貴な身分のこのおれをよくもはめやがったな」

「聞こえねーな」猛はニヒルに笑ってみせた。

「ふざけるな、神社の犬め。一度見たぐらいで蛇頭幻影拳の何がわかる。おまえはおれの前に倒れる運命にあるのだ」

猛は溜息をついて、左手で頭をボリボリと掻いた。

「おれの勘は間違っていなかった。おめーはやっぱりあの黒カマキリ使いより弱い」

「何だと？」

黒大蛇使いは顔の右側面をピクピクさせながら、怒り狂っている。

「今度こそ、粉々に粉砕してやる。蛇頭幻影拳奥義・八頭並走刃《はっとうへいそうは》！」

黒大蛇は時計回りに高速移動しながら、八方向から同時に赤獅子に向かって襲いかかってきた。八方向からの素早い攻撃を赤獅子は身体を上下左右にしやなかに動かしながら見事にかわしていく。赤獅子は最後の一体である本体の攻撃も巧みにかわし終えた。

「そんなバカな、おれは夢を見ているのか……」

黒大蛇使いは茫然としながら、その場に立ちつくした。

「おまえの、黒大蛇の攻撃スピードは一秒間にたった八発。それと比べて、あの黒カマキリ使いの残次って野郎の蟷螂音速拳は一秒間に三〇発以上もの攻撃を繰り出していた。おまえの幻影拳の特性は速さにあるのではなく、催眠術にある。催眠術が見破られた今、おまえの幻影拳は意味をなさないのさ」

「くっ……」

蛇頭は顔面蒼白になりながら、一歩後ろへ後退した。

「殺れ、赤獅子！」

猛は巨大な黒大蛇を右手で指さした。

「グアアアア！」赤獅子が吠えた。

神社を守る神獣はものすごいスピードで黒大蛇に襲いかかった。赤獅子のするどい牙が、奥義をかわされてなすすべもない黒大蛇の首を捕え、そのまま獅子は大蛇を抑え込んだ。バキッという鈍い音がテニスコート全体に反響した。赤獅子は大蛇の首を噛みちぎったのだ。

「ギャー」

蛇頭はすさまじい悲鳴をあげてその場に倒れた。

頭部のない大蛇の胴体はわなわなと震えた後、ドシンという音を立てて地面に沈み込んだ。赤獅子は食いちぎった黒大蛇の頭部をポイとほうり捨てた。あたりは静まりかえった。

ただ、満月だけがテニスコートを照らし続けている。月光を受けて、猛と赤獅子の影が細長く伸びているのが見えた。それから数秒後、巨大な大蛇の姿は黒水晶でできた小さな銀の駒へと変化していった。猛は黒大蛇が倒れていた場所にゆっくりと歩いていき、銀の駒を左手で拾い上げた。猛は月の光に照らされた神々しい赤獅子の姿を見つめた。

「赤獅子、よくやったぞ」

鋭い瞳をした少年は猛々しい獅子の鼻づらを左手でやさしく撫でた。

猛はテニスコート上に倒れている蛇頭の姿を鋭い目つきで睨んで言い放った。

「身分の高い低いなんてカンケーねーんだよ。バトルを左右するのは冷静な判断力と本物の強さだ。強い奴が勝つ。それだけだ！」

「さあ赤獅子、行くぜ。みんなのことが心配だ」

猛は右ポケットに銀の駒をしっかりとしまうと赤獅子と一緒にテニスコートから出て、裏山の階段を足早に下り始めた。

サソリの《赤い心臓》を射抜け！

守は自分がコンクリートの床の上に横になっているのに気づいた。少年はゆっくりと起き上がり、空を見上げた。夜空には満月が浮かび、霞雲がところどころに点在している。守はあたりを見渡した。守のまわりは霧に覆われている。仲間の姿はどこにも見当たらない。

「みんな、どこに行ったんだ？」

夜風ががっしりとした少年の頬を撫でた。守は見覚えのある空間を数歩歩いてみた。

「ここは屋上だな。それもあの第二校舎の屋上か……」

屋上の床にサソリのような形をした巨大な影が浮かび上がった。

「そうだ。ここはかつておまえが鉄クワガタを倒した場所、第二校舎の屋上だ」

守は床に落ちているカバンからさっと妁を取り出した。

「さっそくお出ましだな。影の形からするとおまえはサソリ使いか？」

「さすがは国元守。私の正体を瞬時に見破るとは」

霧の中からゆらりと男が姿を現した。一七〇センチ強の身長。センター分けにしたやや長めの髪型。ひょろりと長い二本の腕。灰色がかった迷彩色の軍服の上下を着て、先のとがった黒いブーツを履いている。茶色い瞳ととがった鼻の下にはギザギザの歯が見えている。

「私の名は蠍山星戸《さそりやませいと》。金の駒を持つ、星サソリ使い」

蠍山は空中に黒水晶でできた金の駒を南の空に向かって放り投げ、呪文を唱え始めた。

「南天を彩るアルファ星アンタレスの名において召喚する。ゾーディアック・スコルピウス・デスセンスス！（黄道一二宮蠍座降臨）」

南天に広がる蠍座が煌めきだし、その光に共鳴するかのように黒水晶の駒が赤く輝いた。駒は赤く輝きながらクルクルと回転し、一六からなる小さな星屑へと変化した。それらの星屑は蠍座へと形を変えていき、九メートルほどの大きなサソリに変化して、コンクリートの床の上に静かに着地した。

星サソリの屈強な姿を守は静かに観察していた。

「聞いたことがある。星々に共鳴して聖獣を操る聖獣使いが存在するということを。彼らはギリシア神話時代から存在し、星座聖獣使いと呼ばれてきた……それが今、目の前に……」

「さすが、国元守、博学だな。そうだ。私はギリシアで修業を積み、聖獣星サソリを用いることを認可された、星座聖獣使い。聖獣使い名はスコルピウス・アンタレス！」

「やれやれ、またとんでもないのと、戦うはめになっちまったな……」

守はチッと舌打ちした。

「だが、戦うからにはガチで勝ちにいくぜ！」守は屶を胸に添えて、呪文を唱えた。

「至真至誠《ししんしせい》、一心奉祷《いっしんほうのう》、神通自在《じんつうじざい》、神力深妙《じんつうしんみょう》……」

「ア・ジ・マ・リ・カム！」

暗闇の中に青白い炎の柱が現われ、その中から青色の狛犬が姿を現した。守はすかさず狛犬の背中に乗ると、星サソリに向かって猛進し始めた。

「グルルル！」

青色の狛犬は猛スピードで星サソリに猛進したが、星サソリを捉えられる射程距離内に入ると、星座聖獣は姿を消してしまった。

「どこだ？」守は左右を見回した。

「動きが遅い」

星サソリと蠍山は守と狛犬の後方に立っていた。

狛犬は翻って再び星サソリに飛びかかった。だが、サソリは再び姿を消し、狛犬と守の後ろに回り込んでいたのだ。

「瞬間移動か？」守は首をかしげた。

「いや、違う」

蠍山は右手の人差し指を左右に振るやいなや、姿を消し、守と狛犬の目の前に再び現われたのだ。星サソリは二本の屈強な腕で狛犬に攻撃を仕掛けてきた。守を乗せた狛犬は後方宙返りをして攻撃をなんとか凌いだ。

「瞬間移動でないとすると……」

「教えてやろう。神獣に限りなく近い能力を持つ星座聖獣のなかには、音速で動くことができるものが何匹かいる。そして、私の星サソリはその一角を成す音速星座聖獣なのだ」

「なるほど、そういうことか」

左の頬から汗を流しながら、守は右のポケットの中に手をしのばせた。

「だが、国元守よ、私はおまえのすごさもよく知っている。おまえはあの蜘蛛矢を倒した男。だから、私もおまえをできるだけ早く倒すことにしよう。それも全力で」

そう言うやいなや蠍山は右手の人差し指で満天を指さしながら、呪文を唱え始めた。

「天の川の御名において命ずる。星座光線、アンタレス・デ・ヴィアラクティア！」

南天に位置する一等星、アンタレスが煌めいた後、星サソリの尾が真っ赤に輝いて、尾から半径二メートルほどの赤色の光線が発射された。光線は即座に狛犬と守を捉えた。

「これで終わりだな」

蠍山が背中を向けようとした時、守の声が聞こえてきた。

「まだ、終わっちゃいないぜ」

「何？」

蠍山は驚いて眼前を見た。すると、狛犬と守が立っていた場所には、小さな人型の紙が一枚落ちていたのである。

「なるほど、私の星座光線を人型で凌いだか。だから、おまえはポケットに手をつっこんで人型を発動させるタイミングを狙っていたわけか。だが、星座聖獣使いには二度同じ手は通用しないのだ。もう一度いくぞ、星座光線、アンタレス・デ・ヴィアラクティア！」

　赤色の光線が再び星サソリの尾から発射され、瞬く間に光線は狛犬を捉えた。だが、光線は狛犬と守を通過して屋上と校舎を繋ぐドアにぶち当たった。ドガーンというものすごい音がして、ドアは破壊された。ドアには大きな丸い穴があき、コンクリートの塗装がドロドロに溶けた。

「あぶなかったぜ。コンクリートの溶け方がハンパじゃないな。その星座光線は蠍の毒も含んでいるな？」

「何？」蠍山は振り返った。

　星座聖獣使いの後方に狛犬と守が立っていたのだ。

「残像を投射し、星座光線を凌いだか」

　蠍山はふっと笑った。

「だが、所詮は一時しのぎだ。私は音速攻撃と星座光線による二重攻撃でおまえを倒す！」

　再度、星サソリは音速で移動し、守を乗せている狛犬に襲いかかってきた。二本の節足による攻撃を守は人型を発動させて再び、なんとか凌いだ。

「いつまで、凌ぎきれるかな？」

蠍山は再び、星座光線を二発同時に放ってきた。

「アンタレス・デ・ヴィアラクティア・デュオ！」

「人型発動、幻影投射！」

守は瞬時に呪文を唱えた。狛犬は即座に二体に分岐し、それら二体を星座光線が射抜いた。光線が放たれた後、一体の残像が消え、そのすぐそばに人型の白い紙が落ちていた。

「人型と残像を組み合わせたのか。考えたな。だが、連続攻撃ではどうかな？」

蠍山は再びラテン語風の呪文を唱えた。

「アンタレス・デ・ヴィアラクティア・マキシマム！」

南天に位置する蠍座が輝き、星サソリは尾から連続的に六発もの星座光線を狛犬と守にめがけて連続的に発射した。屋上と夜景が真っ赤に輝いた。守はポケットからありったけの人型を取り出して、呪文を唱えた。

「人型・連続・投射！」

六体の狛犬が出現し、それらが実体の身代わりになって星座光線に射抜かれた。星座光線の赤色の光が消え、あたりが再び暗闇に包まれた。

守は両方のポケットに手をつっこんだ。だが、ポケットの中にはもう人型は一体も残ってはいなかったのだ。

「フッフッフッフッ。ついに、人型も潰《つい》えたか。国元守よ、おまえの知力と勇敢さに敬意を表して、全力でおまえと狛犬を葬ってやろう」

「葬る？」

守はとぼけたような顔をして、蠍山を見た。

「それはできないと思うな、星座聖獣使いさんよ」

「最後の強がりか。人型の尽きたおまえにいったい何ができる？」

守は鋭い眼差しで星座聖獣使いを見た。

「いや、これでいいのさ。全ては計算通りだ」

「もう、おまえのごたくに付き合っている暇はない。音速移動と星座光線で全てを終わらせてやる」

「いいぜ、やってみな。けど、あんたの星サソリが動けたらの話だがな」

「なんだと？」

蠍山は自分の聖獣を凝視した。星サソリの数本の節足と尾の部分に「納」という漢字が刻み込まれている。その数は全部で八つだ。

「呪文らしき漢字が星サソリの身体に刻みこまれている。これはいったいどういうことだ？」

蠍山は動揺した。この瞬間を守は逃さなかった。

「足矢神社の御前にて、かしこみ、かしこみ。いでよ、八納神獣《はちのうしんじゅう》！」

星サソリの節足と尾に刻み込まれている「納」という漢字が一メートルほどの小さな青色の狛犬に変化した。八体の小さな青色の狛犬は星サソリの数々の節足と尾に噛みつき、その動きを封じた。

「くそっ！　人型に召喚獣を仕込んであったとはな。アンタレス・デ・ヴィアラクティア！」

「ムダだ」

守は冷静な眼差しで蠍山を見据えた。

星サソリは尾から星座光線を発射しようと試みたが、身体に噛みついている小さな八体の召喚獣が星サソリの霊力を封じているため、星座聖獣は光線を発射することができなかった。

「ホルヘ・ルイス・ボルヘスが『幻獣辞典』の中で言っているように、数字の《八》は日本では不思議と多数を表す。すなわち、おれの八体の召喚獣は相手の動きと霊力を封じ込めるための不可思議な魔力を有する神獣。もうあんたのギリシア神話の聖獣は身動き一つできはしないのさ」

星座聖獣の動きを完全に封じた守は、狛犬に命令した。

「狛犬飛べ！　星サソリの《赤い心臓》を射抜け！」

「グアアアア！」

守を乗せた狛犬は空高く飛び上がった。空中で狛犬は月光を受けて輝いている。

「狛犬回転槍！」上空で守が吠えた。

狛犬は青白い霊気を発散しながら、クルクルとドリルのように回転して、動きを封じられた星サソリめがけて槍のように落下していった。

「一本取られたな……」

星サソリのそばに立っている蠍山は瞳を閉じながらあきらめの苦笑いをたたえた。

グシャッという音が屋上に響いた。見ると、狛犬がその角で星サソリの胴体の赤色に輝く部分を射抜いていたのだ。ドサリという音がして、蠍山がその場に倒れた。赤い心臓、アンタレスを射抜かれた星サソリの実体は消え、一六の星屑へと変化した後、それらの星屑も南天に向かって飛び去っていった。その後、コンクリートの床には「金」という漢字の刻まれた黒水晶の将棋の駒が落ちていた。

守はゆっくりと将棋の駒が落ちているところまで歩いていき、その場にしゃがんで金の駒を拾い上げ、それを右ポケットにしっかりとしまい込んだ。

守はおもむろに上空を見上げた。夜空には満月と星々が所狭しと輝いている。

守は狛犬を見た。

「狛犬、でかしたぞ！」

守はしっかりとした手つきで狛犬の頭を右手で撫でた。

「猛、絵美理、蜘蛛矢、みつお……みんな無事にたどり着けただろうか？」

守はすばやく狛犬の背中に乗った。少年を乗せた狛犬はバトルで破壊されたドアを通って、階下へと足早に下りていった。

無人となった屋上ではいまだ、星々が満月と共に夜空を照らしていた。突然、南天に青い流星が現われ、夜空を駆け抜けていった。

黒死蝶の舞

ピアノの旋律がどこからか聞こえてきた。ピアノの音に誘われるかのように、うつぶせに倒れていた絵美理は目を覚ました。

「ベートーベンの『ムーンライト・ソナタ』（『月光』）が聞こえている……ここはいったいどこなの？」

少女はゆっくりと立ち上がり、ピアノの音が聞こえてくる方角を見た。どうやら舞台のような空間上で誰かがピアノを演奏しているようだ。そして、絵美理はあたりを見まわした。だだっぴろい空間。小さな天窓のようなものがいくつも取り付けられていてそこから月の光が差し込んでいる。絵美理は後ろを振り返った。見覚えのある巨大な油絵が後ろ側の壁に設置されている。

暗闇に目が慣れてくると、絵美理は舞台上のグランドピアノを誰かが弾いているのが見え始めた。

女の子だ。ヨーロッパ系の顔立ちの少女。

「ここは体育館？」

絵美理はとっさに小声で言った。

絵美理が無意識に発した小さな声に反応するかのように、ピアノの音が鳴りやんだ。絵美理はグランドピアノを見た。だが、そこにはもう誰もいなかった。その時、絵美理の背後から澄んだ声が聞こえてきた。

「そう、ここは中学校の体育館よ」

絵美理はすばやく後ろを振り返った。そこには、背の高いヨーロッパ系の少女が立っていたのだ。

「私の名はエリカ。ルーマニアの首都、ブカレスト出身の聖獣使い」

肩下まで伸びた真っ赤な髪と青い瞳の少女。身長は一七〇センチ弱とやや高めだ。肌の色は青みがかった白で、山ノ手中学の制服を着ている。胸がやたら大きく、下着が見えそうなほど極端に短いスカートを履いている。右耳のそばに白い造花の花をつけていて、日本のアニメから飛び出してきたような姿だ。アニメのコスプレをした外国人のようにも見える。

「へえ、ドラキュラ伝説の国の出身なのね。ということは、おそらくあんたは蝙蝠使いね」

「Amazing, you know that！（アメイジング、ユー・ノウ・ダァット！）（驚いたわね、あなたがそのことを知っているなんて）」

ルーマニア人の少女は英語でとっさに答えた。

「そう、私は蝙蝠使い。今日、あなたの二匹の蝶は私の影蝙蝠たち、ルーマニアン・シャドウ・バットのエサになるのよ」

「なんですって？」

絵美理はルーマニア人を睨みつけた。

エリカは意地悪そうに笑うと、ブレザーのポケットから黒水晶でできた飛車の将棋の駒を取り出し、それを空中に投げながらラテン語風の呪文を唱え始めた。

「トレース・ウェスペルティリオ・デスセンスス！（三蝙蝠降臨）」

月の光を浴びてきらりと光った黒い飛車の駒は三つに分岐し、クルクルと回転しながら翼の生えた全長六メートルほどの三匹の蝙蝠へと変化した。

ルーマニア人の少女が聖獣を召喚したのを見届けると、絵美理も右手でペンダントの蓋を開き、聖獣召喚の呪文を唱えた。

「秋蝶の夢見る時刻草の影」

少女の足元から不可思議な光が放射され、まわりは夢のような雰囲気に包まれた。そして少女のペンダントから二匹の光の蝶が現われ、それらは回転しながら上空へと舞い上がり、全長三メートルほどの黄色いヤマキチョウと紫がかったオオムラサキへと変貌した。

「行け、双蝶！」

絵美理は二匹の蝶に号令をかけた。

二匹の蝶が自分たちの倍もある三匹の蝙蝠に向かって猛進していった。

「いい度胸ね。でも、格の違いを思い知らせてあげるわ」

ルーマニア人の少女はにやりと笑い、ラテン語風の呪文を発動させた。

「ウルトラ・ソニートス・ウンダス！（超・音・波）」

天井の天窓がいっぺんに割れ、耳をつんざくような音が響いた。空気が揺れ、体育館全体が振動している。絵美理はおもわず両手で両耳をおさえた。どうやら、巨大な蝙蝠たちは超音波のようなものを放射しているようだ。

「超音波攻撃ね。双蝶、一時退散せよ！」

絵美理は自分の聖獣たちに命令を下した。だが、時はすでに遅く、紫色の火炎蝶がヤマキチョウをかばうために盾となって、影蝙蝠たちが発する超音波をまともに食らってしまっていたのだ。火炎蝶は両羽がぼろぼろになって、体育館の床にドサリと音をたてて落下した。

「あら、自慢の炎を出す暇もなかったわね。残るは空気を刀のように変質させるヤマキチョウのみ。もう一度味わうがいい、ウルトラ・ソニートス・ウンダス！」

「低空飛行！」

絵美理はヤマキチョウに命じた。黄色い蝶は少女の指示通りに体育館の床すれすれに飛行し、超音波攻撃をなんとかかわした。

「やるわね。けど、どこまで逃げきれるかしら？」

　エリカは青い瞳を氷のように冷たく輝かせながら、残忍に微笑んだ。ヤマキチョウは三体の巨大な蝙蝠が繰り出す超音波を間一髪でかわしていった。突然の上昇、対角線飛行、低空飛行、アクロバット飛行……。

「逃げまわってるだけじゃダメ。もう、終わらせてあげるわ」

　エリカが再び呪文を唱えようとした。

「距離間はつかめた」

　絵美理が鋭い瞳をエリカに向けた。

「双蝶の蘇りけり秋の暮れ！」

　地面に転がっていたオオムラサキがふわりと飛び上がり、再生した。紫色の蝶は三匹の影蝙蝠の背後をとり、炎を放射した。

「攻めろ、火炎蝶！」

　絵美理は自分の蝶に命令した。

　三匹の影蝙蝠は前方をヤマキチョウにそして、後方をオオムラサキに挟み撃ちされる形になった。

「ふふ、それも想定済みよ」

　エリカは不敵に微笑んだ。

「ウルトラ・ソニートス・ウンダス！」

　三匹の巨大な蝙蝠は挟み撃ちされることを知っていたかのように、前後に強烈な超音波を放射した。双蝶は超音波をまともに食らって、床に沈んでいった。

「なぜ……攻撃が読まれているの？」

絵美理の顔が真っ青になった。

「あなたは忘れている。これらの聖獣は蝙蝠。ということは？」

エリカは冷たく澄んだ青色の瞳を絵美里に向けた。

「そうか、エコロケーション……反響定位ね」絵美理は思い出したかのように言った。

「That's right!（ザッツ・ライト！）（その通りよ！）一般に、蝙蝠はウルトラ・ソニックウェイブ、つまり超音波を用いたエコロケーションによって獲物を捕獲する。私のルーマニアン・シャドウ・バットもエコロケーションによって敵の動きを察知し、攻撃を仕掛けるのよ」

エリカは余裕の笑みを浮かべた。

「三匹の蝙蝠は正三角形を形成しながら攻撃する。正三角形の頂点を成す蝙蝠が、超音波を操る発信機の役目を果たし、左右に位置している二匹の蝙蝠は音響装置でいうところのアンプの左スピーカーと右スピーカーの役割を担っているわけね」

絵美理は体育館の天井近くを悠然と飛んでいる三匹の蝙蝠を見上げながら的確に敵の能力を分析した。

「あなた、頭がいいのね。だけど、私のルーマニアン・シャドウ・バットの攻撃のフォーメーションと特性がわかったところで、あなたにはどうすることもできない。力の差は歴然としている」

　絵美理は右手で黒髪をかき上げた。

「そうかしら？」

「強がってみたってダメよ。あなたの年齢と霊力を考えれば、蝶を再生させることができるのはあと一度が限度のはず。そして、今度、双蝶が再生した時があなたの最後になる。フフフフ……」

　ルーマニア人の少女は白い歯を残忍に見せながら笑った。

「あなたの最後になるかもよ」

　真顔で絵美理は言いかえすや否や、再生呪文を唱えた。

「双蝶の蘇りけり秋の暮れ！」

　二匹の蝶が床から煌めきながらふわりと飛び上がった。

「学習能力のない子ね。このバトル、もう飽きたわ。This is the end!〔ディス・イズ・ディ・エンド！〕」

　エリカは青い目を冷ややかに光らせた。

　三匹の影蝙蝠が正三角形を構成しながら双蝶に猛進していく。

「この時を待っていたの」

　絵美理はにやりと笑い、俳句形式の別の呪文を発動させた。

「草陰で生者と舞いし黒死蝶！」

紫色の蝶の身体の色がみるみるうちに真っ黒に変化していく。割れた天窓から見えていた満月が姿を消し、体育館は完全なる暗闇に包みこまれた。体育館内は墓場のように異様な雰囲気をたたえながら、静まりかえった。

「この空気はいったい？」

想定外の展開に、美しい顔をひきつらせながら、ルーマニア人の少女は超音波攻撃を繰り出そうとした。

「ウルトラ・ソニートス・ウンダス！」

だが、驚いたことに三匹の影蝙蝠は超音波を発信することができずにいる。エリカは動揺して額から汗を出しながら再び呪文を唱えた。

「ウルトラ・ソニートス・ウンダス！」

やはりルーマニア人の少女の意と反して、超音波は発動されることがなかった。

「なぜ？」

エリカの顔は真っ青になった。

「教えてあげるわ。私たちは今、一時的に死後の世界に来ている。そこを舞っている黒死蝶に導かれてね。死後の世界で超音波なんて発生させることはできない」

「黒死蝶……Black death butterfly?〔ブラック・デス・バタフライ?〕そんなはずがない。黒死蝶は死して再びよみがえった奇跡の聖獣……。そんなものが実在するはずないわ」

「実在するのよ。そのオオムラサキは一度死して蘇った。正確には、その蝶の聖獣使いは元々、私ではなかったのよ。オオムラサキ使いは死ぬ直前に、蝶を私に託し死んでいった。そして、オオムラサキは黒死蝶としてこの世に舞い戻った」

「ありえない……でも、たとえ超音波が使えなくとも、私の蝙蝠たちはルーマニア出身の吸血蝙蝠、その蝶の霊力もろとも吸い尽くしてやるわ。殺れ、ルーマニアン・シャドウ・バット、蝶の霊気を吸い尽くせ！」

三匹の巨大な蝙蝠は一斉に黒死蝶に噛みついた。だが、吸い付き始めた途端に、蝙蝠たちの身体は黒色から灰色に変わり、蝶から離れて反対方向に逃げ出した。

「なぜ……」

自分の影蝙蝠たちが逃げ出す姿を見てルーマニア人の少女は茫然としている。

「あたりまえでしょう。それらの蝙蝠は死そのものに噛みついたのだから」

絵美理はするどい瞳をエリカに向けながら言い放った。

「双蝶行け！」

背後を見せて逃げていく三匹の蝙蝠の後を双蝶は追った。まず、黒死蝶が蝙蝠たちに追いつき、真っ黒な煉獄の炎を浴びせた。

「ギエエエエ」

影蝙蝠たちは悲鳴をあげながら、業火の炎に焼かれ、真っ黒焦げになった。

その後、ヤマキチョウが黒焦げの蝙蝠たちのそばを横切った。スパッという歯切れのいい音が体育館中に響きわたった。三匹の蝙蝠は黒焦げの身体をバラバラに分断されて、床にボトボトと音をたてながら落ちていった。

「モンスター、あなたはまさに、モンスターよ……」

エリカは真っ青な顔で絵美理を見た後、その場にバタンとうつぶせに倒れた。

「化け物なのはあんたの方でしょう、吸血蝙蝠」

絵美理は床に倒れているルーマニア人の少女を静かに見据えた。

それから一分ほど経過すると、黒死蝶が再び紫色のオオムラサキへと変貌した。そして、双蝶はふつうの蝶の大きさへと縮小していった。割れた天窓から満月が顔を覗かせ、暗闇で満たされていた体育館に月の光が差し込み始めた。月の光を頼りに、絵美理は蝙蝠たちが落下した地点にゆっくりと歩いていった。そこには、黒水晶でできた飛車の駒が転がっていた。絵美理は将棋の駒を右手で拾い上げると、飛車の駒をしっかりとブレザーの右ポケットにしまった。

ふつうの蝶のサイズになったオオムラサキは頭上から舞い降りてきて少女の右肩にとまった。絵美理は紫色の美しい日本の国蝶を見ながら優しく話しかけた。

「オオムラサキ、私はあなたと共に戦う、あなたの中に宿る亡き友と一緒にね……」

オオムラサキは再び少女の肩から飛び上がり、ヤマキチョウのいる方へ上昇していった。

静まりかえった体育館の中で月の光に照らし出された黄色い蝶と紫色の蝶がゆるやかに旋回していた。黒髪の少女はしばらくの間、双蝶の舞をうっとりと眺めていた。二匹の蝶は月の光を浴びて夢見るように踊り続けていた。

色即是空・空即是色！

異空間を通り抜けた後、蜘蛛矢は満月と星の瞬く夜空に放り出された。蜘蛛矢は中折れハットが吹き飛ばされないように右手で帽子を押さえながら、体勢を整えて地面らしきものの上に静かに着地した。ほんの少しだけ砂ぼこりが舞った。両手でズボンに付着した砂ぼこりをはたき、蜘蛛矢は右手につけているカシオの電子腕時計を見た。時計は午前一時三分を表示している。

「並行世界の時間は現実世界の時間より一二時間進んでいるのか」

蜘蛛矢は並行世界と現実世界との間に介在する時間のズレを確認した。

続けて、まだら蜘蛛使いの少年は夜空と自分が今いる場所を見渡した。蜘蛛矢は自分が大きな山を背景にして野球場あるいはサッカー競技場のようなだだっ広い空間に立っているのを確認した。

「ここは中学校のグラウンドだな」

その時、巨大な霊気がグラウンド内に侵入してきた。

「そうだ。ここはグラウンドだ。ひさしぶりだな、蜘蛛矢勇人」

「ちっ、さっそくおいでなすったか」

中折れハットの少年は左手で帽子のつばを掴んだ。

「蜘蛛矢よ、おまえと最後に会ったのはいつだったかな？」

グラウンドの暗闇の中から再び声がした。

「そうだな、おそらく、一五〇年くらい前だろう」

月光に照らされたグラウンド上に大きな影が出現した。蜘蛛矢は自分の目の前に大男が立っているのを目の当たりにしていた。

「ひさしぶりだな、熊月鉄也《くまづきてつや》」

「ワッハッハッハッ、ほんとにひさしぶりだ。蜘蛛矢よ」

月の光に照らされて、大男の姿が露わになった。男は一九〇センチを超す巨体だ。坊主頭で両目は大きく、鼻の形は丸い。唇は分厚く、中からは白い出っ歯が幾本か見えている。身体は筋肉質な体型で、裸に黒いレザーの革ジャンをはおり、ブルーのジーパンにウエスタン・ブーツを履いている。蜘蛛矢は大男を睨みつけた。

「現実世界のグラウンドに残されていたとてつもなく大きな獣の足跡から、君がこの戦いにかかわっていることはわかっていた。だが、僕は君との思い出に浸っている暇はない。僕は君を倒しに来たのだから」

「面白いことを言うな、蜘蛛矢よ。一五〇年前の戦いでわかっているだろう、おまえではわしに勝てないことを」

「時が流れれば全ては変わる。今日、君の聖獣は僕のまだら蜘蛛に倒されるのさ」

「あわれな奴だ。結果がわかっているのに戦うのか？　わしら上位の聖獣使いとおまえたち下位の聖虫使いとの間には埋められない力の差があるのだ」

蜘蛛矢は右手の人差し指でノーのリアクションを示した。

「今日、僕はその身分の違いというのをぶち壊しにきたのさ。結局、強い奴が勝つんだ」

「よかろう。一五〇年前と同じように叩きのめしてやる」

熊月は満月めがけて角行の駒を投げた後、両手を空に向けて突き上げ、俳句形式の呪文を唱えた。

「月光が照らす闇夜と獣の影！」

満月から小さな将棋の駒に向かって月光が直接照射された。満月の光を浴びながら角行の駒は巨大な動物へと変貌していく。光り輝く獣が全長一五メートルほどの大きさになると、月から放射されていた月光が止み、獣はその全貌を露わにした。影ツキノワグマ。胸元に白い三日月を抱く熊。熊は高らかと吠えた。

「グルルルアア！」

「あいかわらず馬鹿でかい図体と霊気だね。まったく」

蜘蛛矢はチッと舌打ちした後、まだら蜘蛛の召喚呪文を唱え出した。

「空・風・火・水・地。回れよ回れ、まだら蜘蛛！」

帽子の中から小さな蜘蛛が飛び出し、それはあっという間に巨大化して、五メートルを超す灰色がかったまだら蜘蛛に変化した。蜘蛛矢は即座に蜘蛛の背中に飛び乗って、巨大な熊に対して先制攻撃を仕掛けた。

「伸縮自在、蜘蛛の糸！」

巨大な影ツキノワグマめがけて蜘蛛の口から勢いよく蜘蛛の糸の束が発射された。蜘蛛の糸は影ツキノワグマの左前足に絡みついた。

「こんなもの！」

熊月は聖獣に合図を送った。熊は右前足の鋭い爪で蜘蛛の糸を簡単に断ち切った。

「並列多弦、蜘蛛の糸！」

蜘蛛矢は再び攻撃を繰り出した。

まだら蜘蛛は大きな熊めがけて連続的に蜘蛛の糸を発射していった。影ツキノワグマは蜘蛛の糸によって全身をグルグル巻きにされてしまった。

「意味がない、ムダだ、こんな攻撃」

熊月はせせら笑い、呪文を唱えた。

「影ツキノワグマ第一聖術・直走月光波！」

「グアルルルル！」

影ツキノワグマは大きな雄叫びをあげた。満月が一瞬輝いた後、熊の胸元を彩る三日月の白い斑点が光ったかと思うと、そこから強烈な三日月形の閃光が発射された。三日月形の閃光は蜘蛛の糸をつきやぶって、蜘蛛矢とまだら蜘蛛めがけて突き進んでいった。

「飛べ、まだら蜘蛛！」

蜘蛛矢を背中に乗せたまだら蜘蛛は空高く飛び上がった。

「おまえの攻撃パターンは読めるのさ」

夜空高く飛び上がっているまだら蜘蛛と蜘蛛矢の眼前に、熊月を乗せた影ツキノワグマが先回りしていたのだ。

「やれ、影ツキノワグマ！」

巨大な聖獣は右前方の前足でまだら蜘蛛を殴りつけた。

「うわあああ……」

蜘蛛矢とまだら蜘蛛は中学校のグラウンドの地面に叩きつけられた。ドッシーンというにぶい音がグラウンド中に響きわたり、土煙が舞い上がった。

「とどめだ！」

はるか頭上から影ツキノワグマがまだら蜘蛛を仕留めようと舞い降りてきた。その瞬間を蜘蛛矢は逃さなかった。

「風・水・火・土。いでよ、聖なる四本柱！」

蜘蛛矢は左手で帽子のてっぺんを触りながら、呪文を発動させた。グラウンド中の地面がグラグラと揺れ、地面の下から蜘蛛の糸でできた大きな四本の柱が姿を現わした。四本の柱は垂直に空に向かって伸びていき、一五メートルほどの高さで止まった。四本柱の中心を司る柱の上に蜘蛛矢とまだら蜘蛛が立っていた。まだら蜘蛛を倒すために舞い降りてきた熊は逆に聖なる四本柱の中に閉じ込められてしまった。

「風の柱、水の柱、火の柱そして土の柱。聖なる四本柱か。なつかしい術だ。だが、この秘術がわしにきかないことは一五〇年前にわかっているだろう?」

「それはどうかな?」

蜘蛛矢はにやりと笑った。

「こりない奴だ。こんな柱の四角形、昔と同じように粉々にしてやるわ」

再び熊月は呪文を発動させるために叫んだ。

「影ツキノワグマ第三聖術・月光四重波!」

影ツキノワグマの三日月模様が光り、連続的に四つの月光波が繰り出された。四つの光はブーメランのように回転しながら、風の柱、水の柱、火の柱そして土の柱の四本をなぎ倒していった。柱の上にいたまだら蜘蛛と中折れハットの少年は三日月波の攻撃から逃れるため、飛び上がって、地面に着地した。バキバキッドーン、メキメキッバーンと柱が次々に倒壊する音がグラウンド上に響いた。再び、土煙が舞い上がっている。蜘蛛矢は帽子を深くかぶり直して、砂煙を凌いだ。

「ワッハッハッハッ。どうだ? 一五〇年前と同じように四本柱をぶったおしてやったわ。もはや、おまえにはなすすべがない、昔と同じようにな」

「そうかな?」蜘蛛矢はにやりと口を歪めた。

「ほう、強がる元気があるのか。一五〇年から少し進歩したところがあるとすれば、その強がりを身につけたことだな。だが、結果は同じだ。わしがおまえをぶったおす。ただそれだけのことだ」

「足元を見てみたら」

蜘蛛矢は右手袋を左手で触りながら言った。

「何？」

熊月は後ろの二本脚で立っている影ツキノワグマの足元を見た。

「これは……」

影ツキノワグマ使いは驚きで、一瞬茫然となった。

「そうさ。四本の柱は完全には倒壊していない。根本部分が残っていて、そこから蜘蛛の糸が君の聖獣の二本の脚を封じているのさ」

「こんなもの、ぶったぎってやる」

熊月は激怒しながら叫んだ。

「動けやしないさ。最初から足元部分だけに集中して蜘蛛の糸をはったからね。さあ、ここからが本番だよ」

蜘蛛矢は両手を合掌させて、呪文を唱え出した。

「色即是空・空即是色……いでよ、聖なる五輪塔！」

グラウンド全体が再びグラグラと揺れ、地面の下から蜘蛛の糸でできた大きな五本の塔が回転しながら姿を現わし始めた。

「さあ、天をめざせ、地輪塔、水輪塔、火輪塔、風輪塔そして空輪塔！」

蜘蛛矢とまだら蜘蛛は空輪塔の上に飛び乗った。そのまま五本の塔は影ツキノワグマを取り囲んだまま全長三〇メートルほどの巨大な五本の塔を形成し、止まった。

「これはまさか、密教系の秘術か？」

熊月は思いもよらぬ展開に度肝を抜かれている。

「そのとおり。一五〇年前、君に四本柱をなぎ倒されてからずっと考えてきたのさ。まあ、完成したのはつい最近のことだけどね」

「こんなもの、見かけだけだ。四本柱同様、わしの月光波で破壊してやる！」

熊月は呪文を発動させようと大声をはり上げた。

「影ツキノワグマ究極聖術・月光無限波！」

ツキノワグマの胸元からおびただしい数の月光波が放射され、それらは五本の塔に襲いかかっていった。

「ムダなことを」

中折れハットの少年は右手を突き出して秘術を繰り出した。

「いでよ、地の霊、水の霊、火の霊、風の霊！」

地輪塔から無数の地の霊、水輪塔から水の霊、火輪塔から火の霊、風輪塔から風の霊が出現し、それらの霊は群れを成して月光波に襲いかかった。蜘蛛矢の発動させた地・水・火・風の霊の大群は月光波の猛攻を食い止めて、消えた。

「ありえない……おまえごときがわしの月光波を食い止めるとは……」

熊月の表情は真っ青になっている。

「究極奥義を発動させて、聖獣が持つ全ての霊気を使い果たしたようだね」

冷ややかな目で蜘蛛矢がはるか頭上から熊月を見下ろした。

「くっ……」

図星だった影ツキノワグマ使いは返答できない。

「さあ、仕上げだ。いでよ、空の霊！」

夜空の星々が一斉に瞬き始めた。空からは星のように輝く無数の空の霊が舞い降りてきた。

「まさか、こんなことが……」

熊月はいまだ自分の敗北を受け入れられずにいた。だが、星の光に照らされて光り輝く空の霊の大群は容赦なく巨大な影ツキノワグマに襲いかかっていった。

「ぎゃあああ、やめろ……」

熊月は両手で顔を覆いながら、悲痛な声をあげた。

空の霊の猛攻に耐えられなくなった巨大な獣はビルが倒壊するようにグラウンドに沈んでいった。ズッシーンというすさまじい倒壊音が中学校全体に響き、再び砂煙でグラウンド中が覆われた。それから五分ほどが経過し、砂煙がおさまると、中折れハットの少年はまだら蜘蛛から降りて、熊月と影ツキノワグマが倒れている地点に向かって歩いていった。

巨大な聖獣の姿はすでになく、そのかわりに黒水晶でできた角行の駒がうつぶせになって倒れている熊月のそばに転がっていた。蜘蛛矢はそのそばにしゃがんで角行の黒い駒を拾い上げた。そして、地面に倒れているかつての宿敵を見下ろした。

「一五〇年前の借り、これできっちり返したよ」

蜘蛛矢とまだら蜘蛛は夜空を見上げた。いまだ、星の光を浴びながら五輪塔が神々しくそびえていた。そして五輪塔の上を無数の空の霊が星のように淡く輝きながら静かにまわり続けていた。

夜空から流れ込む一陣の風

「神坂君、神坂君、しっかりして！」

誰かがみつおを呼ぶ声が聞こえる。少女の声だ。うつぶせに倒れていたみつおはゆっくり目を開け、上体を起こした。

「神坂君、大丈夫？」

みつおは両目を開き、ぼんやりと目の前を見た。かすんでいた視界がだんだんと明確になっていく。完全に目の覚めたみつおの瞳の中には南沢清子の姿が映し出されていた。

「あ、南沢さん……」

「神坂君……ほんとに助けにきてくれたのね」

「だって約束したから。鈴の音が聞こえたから、こっち側までやってきたんだよ」

清子はみつおに鈴を見せた。みつおはにっこりと肯いた。

「南沢さん、ところでここはどこ？」

「たぶん、中学校の時計塔の上だと思う……」

「でも、それにしてはこの空間、広すぎるよね。野球場やサッカー競技場ぐらいの広さがあるんじゃないかな」

「言われてみるとそうね」とまどいながら清子が答えた。

その時、みつおと少女の背後から男の声が聞こえてきた。

「王手！」

パチンという将棋の駒を打つ音が時計塔上に鳴り響いた。座り込んだままみつおは振りかえった。みつおの視線の先に男が一人座って将棋を指していたのだ。大きな将棋盤の上に白い将棋の駒と黒い将棋の駒が向き合って並んでいる。どちらも王将だ。

「確かに、ここは中学校の時計塔の上だ」

「だが、私が現実世界の時計塔を元にして作った別の時計塔だ。いわば、並行世界上の時計塔なのさ」

男は将棋を指すのをやめて立ち上がった。

「なるほど。バトルを想定して作られたローマのコロッセウムのような場所なのか。左右対称で地平線が遠く見えるように構成されている。遠近法の消失点が揺らめいて見える。まるで形而上絵画みたいに」

みつおが珍しく客観的に時計塔の空間を分析してみせた。

「そう考えてもらっていいだろう。待っていたぞ、神坂龍犬の子孫よ」

男は山ノ手中学の制服を着ている。身長は一八〇センチぐらいで、手足が長く、細めだが引き締まった身体をしている。首元を少しはだけて、ブルーのネクタイをややくずしてつけている。黒髪を肩までのばし、灰色がかった瞳は涼しく、切れ長だ。鼻は高く欧米人のそれを彷彿させる。男はブレザーの右ポケットからマルボロの箱を出して、そこから一本タバコを抜き取り、稲妻模様のはいったライターで火をつけた。そして、そのままタバコをくわえて吹かした。タバコの煙が夜空へと吸い込まれていく。男はタバコを右手の人差し指と中指の間に挟みこみ、みつおを力強く正視した。

「私の名は一角聖王《いっかくせいおう》。影の聖獣使い三人衆の一人にして、軍師。そして私の聖獣は」

「一角獣だよね。そして、おまえの神獣は世界を逆さまにする能力を持っている」

すかさずみつおが言った。

「その通りだ。神坂龍犬の子孫よ、我が逆さまの世界までよく来た。その娘のおかげだ。その娘に導かれておまえはここまでやってきたのだから」

「おまえは、僕たちをおびきよせるために、南沢さんを利用したのか？」

みつおは怒りで顔を赤らませた。

「そうとも言える。だが、そうでないとも言える。いずれにせよ、その異常なまでに鋭い霊感はやっかいなのさ。だから、私の世界に来てもらった。現実世界の人間に通報でもされて、面倒なことになりたくないのでな。ところで、龍犬の子孫よ、あの白い犬はどこだ？」

「それは……」みつおは返答に窮した。

「白龍を連れずにこっち側に来たのか。なんと無謀な。だが、こっちにとってはその方が好都合だ。聖獣のいない聖獣使いなどただの人。ただちにこの場でおまえを葬ってやる」

聖王は右手で黒水晶の王将の駒を空中に放り投げ、右手と左手を交差させてエックスの形を作り、呪文を唱えた。

「上下照応、左右対称、立体交差、双方真逆、目覚めよ影一角、雷獣降臨！」

満月と星々の輝く空が一瞬にして暗闇に変わった。黒い雲が空にたちこめ、夜空にゴロゴロと雷の音が響きわたった。

「ゴロゴロ、ドカーン！」

時計塔に向かって、雷が猛スピードで降りかかってきた。雷は回転しながら宙を舞っている王将の駒に落ちた。雷の光を受けた黒水晶の駒は回転しながら巨大化し、一一メートルほどの黒い一角獣へと変化した。聖獣は全身黒色の一角獣で、全長三メートルほどの鋭い角もまた黒いダイヤモンドのように光彩を放っている。

「グギアアアア！」

その全貌を露わにした影一角獣は夜空に向かって吠え、そのままみつおと清子のいる時計塔のコンクリートの床に着地した。すると、地軸が一八〇度回転するような感覚に襲われた。みつおと清子はひっくり返らないようにふらつく身体を立て直し、目の前の巨大な聖獣をまじまじと見つめた。

「これが、一角獣……」

みつおはゴクリとつばを飲んだ。少年は目の前にいる、気品のある気高い姿をした神獣の霊気に圧倒されていた。鞍馬天使が連れていた八咫烏と対峙した時も、その雄大な姿に圧倒されたが、あの時は巨大なエネルギーに圧倒されたような感触だった。今、一角獣と対峙してみつおが感じるのは一角聖王と影一角獣が自分よりも高い次元に位置しているような、一種の不安に似た感覚を抱かせるのだ。

「さあ、龍犬の子孫よ。白龍のいない無防備なおまえをここで仕留めることにしよう。二〇〇年前の雪辱を今、ここで晴らしてやる」

みつおは清子をかばいながら、なすすべもなくその場に茫然と立ちつくしていた。少年は圧倒的な力を前にして敗北を覚悟し、瞳を閉じた。

「ほう、あきらめたか。ではせめてもの情けだ。苦しまぬよう一瞬で殺してやろう」

一角聖王が右手と左手を交差させて呪文を発動する体勢をとった。その時、夜空から一陣の風が時計塔へと流れ込んできた。山風と潮風が折り重なった風。なつかしい観音堂の匂いと足矢浜の匂いがみつおたちのもとへ運ばれてきた。続いて、時計塔のコンクリートの床が左右にグラグラと揺れ、時計塔の上空に亀裂が走り、渦巻き状をした半径三メートルほどのブラックホールのような穴が発現した。その穴の中から白く眩い光を照射する何かが出現し、それはみつおと清子のいる地点まで猛烈なスピードで飛んできた。あたかも流れ星が降ってきたかのように。その白い何かはふわりと二人の前に着地した。神々しい光を放つその生き物は白い犬のようだ。みつおは懐かしくも勇ましいその姿を目のあたりにして歓喜の声を発した。

「ショコラ！　おまえ、来てくれたんだね」

三本足の巨大な鳥影―鞍馬天使再び

「ショコラ！　おまえ、来てくれたんだね」

白い犬はくるりとみつおの方を向いた。瞳は緑色の炎が燃えるように輝いているが、確かにショコラだ。

「南沢さん、ちょっと避難しててね。僕とショコラはやらなくちゃいけないことがあるから」

「わかった。でも、神坂君、気をつけて」

清子は心配そうにみつおの顔を覗き込みながら、走って下階へと続く通路のある後ろ側に避難した。

「さあショコラ、いくぜ！」

みつおは右手で印を結び、影一角獣とその上で腕組みをして立っている聖王に向かって猛烈なスピードで走り始めた。ショコラも少年と一緒に並走している。走りながら、みつおは呪文を唱え始めた。

「風神《ふうじん》菩薩《ぼさつ》龍犬身《りゅうけんしん》！」

少年と白い犬は同時に空中に飛び上がった。ショコラはみるみるうちに巨大化し、白い龍へと変貌していく。完全に龍化したショコラの背中にみつおは着地した。時計塔の上空に、ホワイトドラゴンが出現したのだ。

「神坂君、すごい。こんなにも雄大なドラゴンの使い手だったなんて……」

清子は夜空に漂う白いドラゴンを見上げながら、一種の感動をおぼえていた。

「ついに現われたな、風の白龍」

一角聖王が険しい表情でみつおと白いドラゴンを睨みつけた。

「行くぞ、ショコラ！」

みつおは龍化したショコラに呼びかけ、二人は影一角獣めがけて突進していこうとした。

だが、そこで想定外の出来事が起こった。

「何？」みつおは驚いた。

前進したつもりが、白龍が後退してしまったのだ。あせったみつおは一角聖王と影一角獣に向けて呪文を唱えた。

「風神菩薩一刀龍《ふうじんぼさついっとうりゅう》！」

だが、影一角獣を狙って放った風は正反対の方向へと流れてしまった。

「おかしい、まさか……」

みつおがショコラの背中の上で首をかしげていると、突然、影一角が直進してきた。黒光りする角を突きだして、攻撃を仕掛けてきたのだ。みつおは闘心が言った言葉を思い出した。

「逆もまた真なり。ということは左に動けば」

「右に動くことになる」

影一角獣による角攻撃を白龍は身体を右に反転させて、すんでのところで凌いだ。

「気づいたか。龍犬の子孫よ。そうだ、影一角を中心とする半径一〇〇メートルは上下、左右、縦横、前後その全てが正反対になるのだ。いわば、これは私と影一角が創り出したルールなのだ」

「くっ……」

みつおは言葉を失って聖王を睨みつけた。

「ここからが本番だ。この真逆の世界でおまえと白龍はどれだけもつかな？」

続けて、影一角は対角線上に攻撃を仕掛けてきた。みつおは考えながらなんとか攻撃をかわした。だが、聖王がコントロールする影一角の猛進は止まらない。直進攻撃、対角線攻撃、三角攻撃……なんとかみつおとホワイトドラゴンは連続攻撃をかわしていったが、聖王はみつおたちの裏をかく攻撃をおこなってきたのだ。右から攻撃すると見せかけて、瞬時に左に移動し、逆サイドから聖王を背中に乗せた影一角獣は直進してきたのだ。

「何？」

裏をかかれたみつおは頭がごっちゃになって真逆に考えることができなかった。

ドシーンという音がした。影一角の角が白龍の身体に突き刺さってしまったのか？

「ショコラ、おまえ……」

みつおは身体全体から緑色の炎を放出している白龍を見入った。白い龍は前足二本で影一角による角攻撃を凌いでいたのだ。攻撃を防御された影一角はいったんその場を後退した。

「さすがは白龍。使い手が悪くともやはりすぐれた戦闘能力を持っているな」

夜空に浮かぶ二体の神獣の間にしばしの間、沈黙が流れた。

「やはり、真剣に戦わなければならないな」

聖王の目つきが変わった。獲物を狙う虎のような表情になったのだ。そして、両手をクロスさせながら呪文を唱え出した。

「上下照応、左右対称、立体交差、双方真逆……」

夜空が再び暗闇に包まれた。ゴロゴロッという音が鳴り響いたかと思うと、影一角の黒い角からバリバリと電流が流れ始めた。

「聖王術一・雷神一角流！」

一角獣の角から強力な雷が発生し、それは猛スピードでみつおを乗せた白龍に襲いかかった。夜空が雷で一瞬明るくなった。

「うわあああ……」

雷をまともに食らってみつおは苦しそうな叫び声をあげた。白いドラゴンとみつおはそのまま時計塔のコンクリートの方角に向かって落下し始めた。

「ああ、神坂君……」

南沢清子が悲鳴をあげた。

落下しながら、白龍は元の白い犬の姿に戻った。みつおは気絶しそうになりながら、両手を伸ばして、ショコラを抱きかかえた。そしてみつおは、ショコラを抱きかかえながら背中からコンクリートの床に墜落した。バシッという音がして、ショコラを抱きかかえたままみつおはコンクリートの床の上をワン・バウンドし、白い犬の身体をしっかりと守ったまま、そのままコンクリートの床に沈んだ。

「では、終わらせてやろう」

聖王ははるか頭上から再び呪文を発動させた。

「雷神一角流！」

ものすごい勢いで雷が地面に転がっているみつおとショコラの方へ襲いかかってきた。

「神坂君、起きて！」

清子が悲鳴をあげた。

雷の音に目を覚ましたショコラはさっと立ち上がり、みつおのTシャツを口でくわえた。

バリバリバリ、ドカーンという音が鳴り響き、時計塔のコンクリートの床全面がものすごい光線に満たされて輝いた。やがて、光は徐々に消えていき、数分後には元の暗闇に戻った。

「さあ、これで全てが終わったか？」

聖王が夜空から焼け焦げたみつおとショコラの姿を探した。

「何？」聖王が顔をひきつらせた。

影一角が雷を落とした真反対の地点にTシャツを媒介にしてみつおを口にくわえた白い犬が立っていたのだ。背中から緑色の霊気を放出しながらショコラはその場にゆっくりとみつおを下ろし、頭上を見上げた。

「グルルルル……」

ショコラは瞳を緑色に輝かせながら影一角と聖王を睨みつけている。

「ショコラ、僕も一緒に戦う……」

目を覚ましたみつおはふらふらしながら、立ち上がろうと上体を起こしたが、ぶざまにもしりもちをついて座りこんでしまった。

「くそっ」

　みつおは必死に立ち上がろうとしているが腰が抜けて立ち上がることができない。その姿をはるか上空から観察していた聖王は侮蔑の眼差しでみつおを見下ろした。

「なんと無様な。こんな奴が龍犬の子孫とはな……。もういい。終わらせてやる！」

　聖王が両手をエックスの形にして、霊気を練ろうとした時、並行世界に巨大な霊気が侵入してくる気配がした。それはものすごいスピードで時計塔を目指して飛行してくる。聖王は上空を見上げた。

「ちっ。邪魔がはいったか」

　月光に照らされ白く輝いている時計塔のコンクリートの床に巨大な鳥影が浮かび上がった。三本足の巨大な鳥影。やがて、鳥影が消えると、そこには一人の男が右肩に三本足のカラスを乗せて威風堂々と立っていた。鞍馬天使と八咫烏だ。

「神坂龍犬の子孫よ、おまえの力はこんなものなのか？」

　月の光を浴びて、神々しい姿を浮かび上がらせながら、八咫烏使いは無様にしりもちをついて両足をじたばたさせているみつおを静かに見つめていた。

一つだけ守って欲しいことがある

みつおとショコラが一角聖王の操る影一角獣とバトルを開始した頃、時計塔のもとに守と絵美理がたどり着いていた。

「絵美理、大丈夫だったか？」

「ええ、なんとかね。手ごわかったけど……」少し疲れた表情で絵美理が答えた。

「で、守はどうだったの？」

「ああ、なんとか勝てたっていうとこだな。けど、かなりやばかったぜ」

守は眉間に皺をよせながら返答した。

二人が話していると、グラウンドとテニスコートに続く山道から各々、人影が二体、近寄ってくるのが見えた。

「猛！」絵美理がうれしそうに手を振った。

「蜘蛛矢、無事でなによりだ」

「おう、絵美理！」

「あ、守！」

守がにっこりしながら蜘蛛矢に声をかけた。

「で、二人ともどうだったの？　まあ、ここにいるっていうことは勝てたっていうことでしょうけど」

絵美理が再び冷静さを取り戻して二人に訊ねた。

「かなり危ない戦いだったな、実際のところ……」

チッと舌打ちした後、猛はバトルを振り返って答えた。

「かなりの強敵だったね。けど、一五〇年前の雪辱を晴らすことができたから、それなりに僕は満足している」

蜘蛛矢はめずらしく笑顔で答えた。

「そうか、みんな無事でなによりだ」

守が三人の顔を見て微笑んだ。その時、夜空が突然真っ暗になり、激しい雷が時計塔の上に落ちた。バリバリバリッという激しい音が響きわたり、あたりは雷の光で一瞬、明るくなった。

「大将戦も始まったみたいだぜ……」

猛が時計塔を見上げた。

「そうね」

絵美理も心配そうに時計塔を見上げている。

「みつおとショコラ、大丈夫だろうか？」

守も心配そうだ。

「影一角獣は八咫烏よりも格段に強い神獣。白龍といっても油断はできない……」

蜘蛛矢は三人の様子を窺いながら冷静に敵の戦力を説明した。

「なあ、どうだろう。時計塔の上に行ってみつおとショコラの戦いを見守るっていうのは？」

猛が提案した。

「そうしましょうよ。ね、守、蜘蛛矢君！」

絵美理も知性の秀でた二人の友の顔をじっと見た。

「そうだな。ここにいるより上でみつおを見守る方がいいとおれも思う。どうだろう、蜘蛛矢？」

守は戦いのプロである蜘蛛矢に訊ねた。

「わかった、そうしよう。ただし、君たちに一つだけ守って欲しいことがある」

蜘蛛矢は真剣な眼差しで三人の友人を見据えた。

「何？」三人は声をそろえて訊いた。

「決して白龍と影一角の戦いに僕らが干渉しないと約束してくれるなら、僕も時計塔の上に行くことに同意しよう」

「どうして？」

絵美理が怪訝な顔で蜘蛛矢を見た。

「理由は二つある。まず一つ目の理由から説明しよう。この戦いは白龍使い神坂君にとって第二の試練なのさ。昨年、彼は八咫烏との戦いに圧倒的な力で勝利し、第一の試練を乗り越えた。そして、この影一角獣との戦いは第二の試練。この試練を自分と白龍の力だけで乗り越えなければ、第三の暗黒の龍使いと戦うことなどとうてい不可能だ」

「なるほど。確かに蜘蛛矢の言う通りだ」

守が腕組みをしながら頷いた。

「でも、みつおとショコラの命が危なかったら私は双蝶と共に戦うつもりよ！」

絵美理は鋭い瞳を蜘蛛矢に向けた。

「では、二つ目の理由を説明しよう。彼らはけた外れた霊力と戦闘能力を持つ神獣。僕らも聖獣使いではあるが、彼らの霊力と僕らの霊力との間には雲泥の差がある。今回、聖王の部下と戦って自分たちのレベルがどれほどのものか身に染みてわかっただろう？」

「ああ、悔しいけど身に染みてわかったぜ」猛が頷いた。

「私も認める。私の力はまだまだだと思い知らされた」

絵美理も下を向いた。

「結論から言おう。僕らの霊力で彼らのバトルにかかわると僕ら自身の命が危ないのさ。僕らは粉々に砕け散って夜空の塵になってしまうだろう。だから、このバトルには干渉しない。ただ、神坂君と白龍が勝つことだけを信じて見守る。約束できるかい？」

「わかった」うなだれながら猛は頷いた。

「約束する」絵美理も下を向いたまま言った。

「ここから先はおまえの指図に従うぜ」

守は冷静な表情で蜘蛛矢を見た。

「よし。では時計塔へと続く階段を上がることにしよう」

蜘蛛矢は時計塔の一階に設置されているドアに右手をかざし、霊力を念動力として用いて、手も触れずにドアを開けた。

「善は急げだ！」

猛がはりきって階段を駆け上がり出した。絵美理と守も続いて、階段を上がっていく。

そんな中、蜘蛛矢だけが、満月と星の輝く夜空を眺めていた。

「そろそろ到着するな……」

蜘蛛矢は左手で中折れハットをぐっと握りながら再び満月を見た。そして、帽子の少年は時計塔の最上階を目指して上がっていった。


目には目を、逆さまには逆さまを！


「龍犬の子孫よ、おまえの力はこんなものなのか？」

八咫烏を右肩に乗せた鞍馬天使はみつおに問いかけた。

「そんなこと言われても、全てが逆さまで頭がごちゃごちゃになるし……」

みつおはその場にしゃがみこんだまま苦しそうに答えた。その時、上空から声が聞こえてきた。一角聖王の声だ。

「鞍馬天使、ひさしぶりだな……裏切り者のおまえがいったいここに何しに来たのだ？その腰抜けの加勢か？　いいだろう。二人まとめて相手をしてやる」

鞍馬天使は夜空を見上げた。

「おれはただ、この戦いを見守りに来ただけさ。おれの判断が正しかったかどうか、確認しに来ただけだ」

「どういう意味だ？」

「こいつなら、神坂みつおなら、影龍の暴走を止められるんじゃないかってな」

「ハッハハッハッハッ……何を言い出すかと思えば。こんな腰抜けに何ができる。私の聖王術の前に、足がすくんで立つことすらできない、こんな奴に……」

バタンと音がして、下階とつながっているドアが開き、猛、守、絵美理そして蜘蛛矢が駆け込んできた。

「みつお、大丈夫か？」

猛が座り込んでいるみつおを見た。

「南沢、ここにいたのか。よかった」

守は南沢清子の顔を見て微笑みかけた。

「チッ、戦況はかなり不利のようだな」

蜘蛛矢が座り込んでいるみつおの姿を見て言った。

「蜘蛛矢、ご苦労だった。ありがとう」

鞍馬天使が蜘蛛矢にねぎらいの言葉をかけた。

「ボス、こちらこそありがとうございます。他の四人の聖獣使いは全て倒した。残るは一角聖王のみ！」

蜘蛛矢ははるか上空にいる影一角と聖王を右手の人差し指で力強く指さした。

「みつお、いつまで寝てるつもり？」

絵美理がみつおに鋭い瞳を向けた。

「神坂みつお。あれを見てみよ」

鞍馬天使はみつおのそばまで歩み寄り、反対側に置いてある将棋盤を左手の親指で指さした。

「将棋盤……」みつおが座り込んだまま答えた。

「そうだ。この逆さまの世界は聖王が創り出した将棋盤のようなもの。奴が全てのルールを設定し、全ての駒を掌握し、大局全ての流れを操作している。聖王は圧倒的な霊力でこの並行世界を支配している」

「わかってる」

「だが、そんなのおかしいと思わないか？」

鞍馬天使は座り込んでいる少年の顔を見据えた。

「そう思う。でも僕にはどうすることもできない……」

みつおは悔しそうに下を見た。

「神坂龍犬の子孫よ。思い出すのだ。あのマリア像のある教会へと続く道を。そして、あの浜辺でおこなった修行を……」

「マリア像のある教会、足矢浜での修行……」

みつおは何かを思い出したかのように、鞍馬天使の言葉を反芻した。

「おまえたちのごたくに付き合っているひまはない。全員まとめて、塵となってもらおう」

一角聖王は再び両腕をエックスの形にして、呪文を発動させた。

「雷神一角流！」

夜空から激しい雷が時計塔に向かって襲いかかってきた。その瞬間、みつおはコンクリートの床の上で左手のみで逆立ちをして、右手で印を結び呪文を唱えた。

「風神《ふうじん》菩薩《ぼさつ》一刀龍《いっとうりゅう》！」

みつおとショコラのいる地点から激しい風が舞い起こった。すさまじい風のため、時計塔にいる全員が顔を両手でおおった。突風はそのまま襲いかかってくる雷のもとへと向かっていき、突風は雷を取り込んで、そのまま山側の夜空へ消えていった。

「何？　こいつにまだこんな力が残っていようとは……」

影一角使いは想定外の展開に驚きを隠せないでいる。

みつおは逆立ちしたままの状態で力強く言い放った。

「目には目を、逆さまには逆さまを！」

おまえのルールはもう通用しない

「うおおおお！」

みつおは叫びながら、その場で逆立ちした状態から風車のように回転し始めた。みつおの全身から緑色の霊気が炎のように立ち現われ、そばに鎮座しているショコラの身体からも緑色の炎が燃え上がっている。

「みつおの奴、霊気を練ってやがる」

守は風車のように回転し続けるみつおの姿に見入っていた。

「ものすごいスピードで霊力が上がっていく」

蜘蛛矢が左手で帽子をしっかりとおさえた。

「神坂君……」

清子は茫然と回転し続けるみつおを見ていた。

「そうだ。神坂みつお。それでこそおまえだ」

鞍馬天使は腕組みをしながら頷いた。

「どんどん、霊力が上がっていく……」

みつおの変貌ぶりを観察しながら、一角聖王は青ざめ始めた。

「ここでこいつを倒しておかなければ、たいへんなことになる」

一角聖王は両手をクロスさせて、霊力を高め、再び呪文を唱え出した。

「聖王術四・雷神八方陣！」

夜空が暗闇に包まれ、ゴロゴロと鳴り出した。そして夜空の八方向から巨大な雷がみつおとショコラ目がけて降り注いできた。みつおたちを挟み撃ちにする陣形攻撃のようだ。

「ヤバいぜ、みつお」

猛が両手をかざしながら激しく輝く夜空を見上げている。

「ねえ、避難した方がいいんじゃない？」

絵美理が鞍馬天使と蜘蛛矢を見た。

「いや、大丈夫だ。狙いは神坂君と白龍だよ」

蜘蛛矢が安心させるため、絵美理の顔をちらりと見た。

「さあ、神坂みつおよ。おまえの戦いぶり、とくと拝見させてもらうぞ」

まぶしそうに夜空を見上げながら鞍馬天使が豪快に笑った。

「風神《ふうじん》菩《ぼ》薩龍犬身《さつりゅうけんしん》！」

みつおは逆立ちした状態で回転し続けながら呪文を唱えた。みつおは回転しながら空高く舞い上がり、ショコラも白いドラゴンへと姿を変えながら空へ飛び上がった。

「雷神八方陣は最強の陣形。これで龍犬の子孫も終わりだな」

一角聖王は不敵に笑いながら、ロケット弾のように八方向から進撃する雷によって四方を囲まれたみつおとホワイトドラゴンの姿を傍観していた。

「さすがに、ヤバいな……」

守が心配そうに上空を見つめている。

「案ずるな」

鞍馬天使が守の右肩に左手を乗せた。

「始まるぞ。神坂みつおの反撃が」

八咫烏使いはニヒルな笑顔を守に向けた。


「うおおおおお！」

迫りくる八つの雷を前にして、みつおは再び逆立ちした状態で風車のように回り始めた。

「グアアアアア！」

みつおの動きに呼応するかのように、白龍も少年を乗せたままグルグルと夜空を回転し出した。回転しているホワイトドラゴンを八方向から次々と雷が襲いかかっていく。風車のように高速で回転し続ける白龍は、猛進してくる八つの雷を次々と吹き飛ばしていった。夜空に、花火が爆発するような音がこだました。バーン、ドカーン、ヒューン、ガーン……そして八つの雷は四方へ散在しながら消えていった。影一角獣に乗ったまま一角聖王はこの光景を唖然としながら見ていた。

「私の八方陣がいとも簡単に破られるとは……。いや、これはまぐれだ。もう一度！」

　聖王は再び両手をクロスさせ、呪文を唱えた。

「聖王術五・雷神三流回転軸！」

　ゴロゴロと夜空が鳴ると、暗闇から三つの雷が現われ、それらは回転しながら夜空に佇むみつおと白龍に襲いかかった。

「三流回転軸は雷に音速の回転が加わったもの。回転には回転を。さすがに龍犬の子孫もこれには無傷でいられまい……」

　聖王は余裕の笑みを見せた。

「ショコラ、後方の二つを頼む。僕は前のをやるよ」

　ショコラにそう伝えるとみつおは白龍の背中から逆立ちしたまま飛び上がった。

「おらー！」

　みつおは風車のように回転しながら小型ロケットのように飛んでいき、前方から迫りくる半径四メートルもある回転し続ける雷とぶつかりあった。バリバリドッシーン……。すさまじい音が夜空に響いた。

「みつお！」

　絵美理が心配そうに大声をあげた。

回転し続ける雷とぶつかったまま、みつおはさらに回転速度を上げていく。再びみつおの全身から緑色の霊気が炎のように立ち現われた。

「おらー」

みつおの回転蹴りが雷を真っ二つに引き裂き、ドカーンと破裂音を出しながら雷は粉々になって砕け散った。

一方、ホワイトドラゴンも回転しながら、後方から忍び寄る二つの回転する雷へと突進していき、いとも簡単に長い尻尾を使って、雷を粉砕した。ドガーン、バッシーンと上空に耳をつんざくような破裂音が鳴り響いた。二つの雷を消滅させた後、白龍はみつおのもとへと飛んでいった。みつおはいったん白い龍の背中に着地した後、再び逆立ちした状態で飛び上がり、姿を消した。

「何？」守が驚いている。

「見ろ。あそこだ」

鞍馬天使が右手で指さした先には影一角と聖王の姿があった。

「うおお！」

みつおは影一角獣の背中に着地し、逆立ちした状態ですさまじい回転蹴りを聖王に浴びせた。

「ぐああ……」

聖王はみつおの蹴りを正面から食らい、下方へ吹き飛ばされた。

みつおが聖王に蹴りを放った頃、同じくホワイトドラゴンも猛スピードで影一角のもとへ突進し、長い尻尾を鞭のように用いて影一角に鋭い一撃を食らわせた。影一角も下方へ吹き飛ばされた。

何とか墜落を免れた聖王と影一角は体勢を立て直し、下方からみつおと白いドラゴンを睨みつけた。

「なぜだ？　なぜ私の築き上げた逆さまの世界でおまえは縦横無地に動きまわることができるのだ？」

みつおは聖王を睨みつけた後、静かに、だがはっきりとした口調で言った。

「僕には、おまえのルールはもう通用しない。なぜなら、僕はおまえが組み立てた将棋盤の世界をはるか上から見下ろしているのだから」

白龍の背中に乗ったみつおは影一角と聖王をはるか頭上から見下ろしていた。

波音が響き、風の双龍が現われる！

「マリア像のある教会。足矢浜の砂浜……」

再びみつおは鞍馬天使の言葉を繰り返し、何かを思い出したかのように白龍の背中の上でゆっくりと動き始めた。

「うおおお……」

呼吸を整えながら、みつおは波が寄せては返すような緩やかな動きをし始めた。

「おい、何か聞こえてきやしないか？」

猛が耳をそばだてながら言った。

月と星の瞬く並行世界の夜空に、海鳥の鳴く声が聞こえ始めたかと思うと、寄せては返す波の音が静かに響き出したのだ。

「この波音は……そうか。八咫烏を倒した時にも鳴り響いていたという波の音か。神坂龍犬の子孫が最大奥義を繰り出してくるのであれば、私も聖王術最大奥義でぶつかるのみ」

一角聖王は両手をクロスさせ、エックスの形にし、深呼吸した。すると、聖王と影一角の身体から黄色い電流のような霊気が発現し、それらは力強く輝き始めた。影一角使いは最大呪文を唱え始めた。

「上下照応、左右対称、立体交差、双方真逆、星空展開……」

「聖王術最大奥義、雷神降臨統合陣！」

「ゴロゴロゴロ……」

満月と星が姿を消し、再び空が暗闇に包まれ、鼓膜の破れそうな音が夜空に鳴り響いた。時計塔の真上の空が黄金色に輝き、巨大な雷が発生した。

「バリバリ、バリバリッ……」

雷は空高く輝きながらさらに激しく輝き、巨大化していく。

「バリバリッバリッ、ドッカーン！」

半径一〇メートルを超す巨大な光の玉に変化した雷は時計塔に向けて降り注いできた。

「ヤバい、逃げないと」猛が叫んだ。

「大丈夫だ。この巨大な雷が我々を襲ってくることはない」

「それ、確かなのか？」

守が鞍馬天使に訊ねた。

「まあ、見ていればわかる」

鞍馬天使は上空をまぶしそうに見つめた。

閃光と化した巨大な雷はみつおと白龍を襲うのではなく、逆に聖王を乗せた影一角のもとへと急降下していった。

「どういうことなの？」

絵美理が首をかしげながらまぶしそうに夜空を見た。

雷はそのまま影一角獣を捉えた。

「ドッカーン！」夜空は黄金色に染まった。金色に輝く夜空の中から、聖王の呪文を唱える声が聞こえてきた。

「天地照応・雷獣顕現！」

「ギャアアアアア！」影一角獣が吠えた。

その場に居合わせた者たちは茫然としながらまぶしい夜空を見上げていた。そこには電流を身体全体から放出しながら金色に輝く一角獣がところせましと立ち現われてきたのだ。金色の一角獣の角も雷を抱いて黄金に輝き、その長さは一〇メートルほどに伸びていた。

「これが……」猛がゴクリと喉を鳴らした。

「影一角獣の真の姿……」

両手で顔を覆いながら守も愕然としている。

「驚いたな。僕も初めて見たよ」

右手で帽子のつばを持ちながら、蜘蛛矢がため息をついた。

「おれですら、聖王の最大奥義、金色一角獣の姿は一度しか見たことがない。そうだな、二五〇〇年前になるか……」

「その時、聖王は誰と戦ったの？」

絵美理がすかさず尋ねた。

「ヨーロッパからやってきた飛龍を前にして、聖王は自らの最大奥義で立ち向かった。苦戦を強いられていた聖王は最大奥義を用いて、影一角獣を金色一角獣に変え、飛龍を打ち破ったのさ」

「どんな風に？」猛が訊いた。

「雷神のごとく、飛龍に襲いかかり、あの光り輝く角で飛龍の心臓を撃ち抜いたのだ」

「……」

一同は無言で空に浮かぶ金色の一角獣を見つめていた。

「つまり……」

鞍馬天使が再び説明しようと口を開いた瞬間、蜘蛛矢が割って入った。

「聖王の最大奥義、金色一角獣は対ドラゴン用の戦闘モードっていうことだね」

「そのとおり。金色一角獣は今までにも多くのドラゴンを倒してきた、ドラゴンバスター（ドラゴン駆逐獣）なのだ」

「ショコラとみつお、ヤバくねえか？」

猛が青くなった。

「もしも、おれと戦った時と同じように風のドラゴンで迎え撃つつもりながら、神坂みつおと白龍は聖王の前に敗れることになるだろう」

「おれはみつおの加勢をするぜ！」

猛が屶を取り出そうとした。

「約束しただろう。僕らは見守るしかないんだよ」

蜘蛛矢が右手で猛の左肩を抑えた。

「そうだ。どうせ我々には何もできはしない。神坂みつおの勝利を信じるしかない」

鞍馬天使は猛を諭した。

「さあ、ここにいては危ない。我々も避難しよう」

「どうやってですか？」

おずおずと清子が鞍馬天使の顔を見た。

「大丈夫だ。八咫烏に乗って少し離れた夜空に避難するだけだ。飛べ、八咫三郎！」

鞍馬天使が三本足のカラスに命令すると、カラスは主人の肩からヒラリと飛び上がって、本来の姿である巨大な八咫烏に変化し、コンクリートの床に飛行機のようにゆらりと着地した。

「さあ、みんな！　八咫烏の背中の上に乗るんだ、早く！」

鞍馬天使が急いで少年たちを神獣の背中に避難させると、八咫烏は西の空へと舞い上がった。

「すげえ……」

猛は雄大な八咫烏の動きと空からの眺めに圧倒されている。

「さあ、ここから白龍と金色一角獣の戦いを見守ることにしよう」

右手で顔を覆いながら、鞍馬天使は金色に輝く一角獣と緑色の霊気を微かに放出しているホワイトドラゴンの姿を静観していた。

「ザッパーン、ザッパーン……」

夜空には足矢浜の波の音がさらに激しく響き出した。

「うおおおお！」

闘心に教えてもらった波のポーズを繰り返しながら、みつおはさらに霊力を上げていく。みつおの動きに連動して白龍の霊気もさらに上昇していき、その白い身体全体からは不可思議な緑色の炎が揺らめきだした。

「すさまじい霊気だ。だが、私は鞍馬天使のようにはいかないぞ。私の金色一角獣は対ドラゴン用のドラゴン駆逐獣なのだ。この姿で私たちは多くのドラゴンを倒してきた。そして、今日、そのリストの中におまえの白龍が加わることになる」

みつおは聖王の挑発にのらず、瞳を閉じて今度は鳥のポーズをおこない始めた。みつおが挑発にのらないことに気づいた聖王は、今度は心理作戦に出た。

「神坂龍犬の子孫よ、教えておいてやろう。おまえが鞍馬天使を倒したあの技、風の龍はすでに分析済みだ。おまえの最大奥義は私には通じない。おまえは私の一角獣の前に倒れることになるのだ」

みつおは瞳を閉じたまま、鳥のポーズをとり続けている。そして、突然、両目を開いた。

「霊気は十分に練れた。いくぜ、ショコラ！」

「グアアアアアア！」

白龍が天に向かって吠えた。

白龍の叫び声とその霊力の大きさに度肝を抜かれた聖王は焦って一気に勝負に出た。

「行け、金色一角獣！　一角雷獣龍倒陣！」

金色の一角獣は身体からすさまじい電流を放ちながら、みつおを乗せたホワイトドラゴンに向かって突進してきた。

「クアアア！」

みつおは猛進してくる金色の一角獣の動きを冷静に観察している。

「ショコラ、まだだ、もう少し待て……」

雷神と化した一角獣はさらに白龍に近づいてくる。

「あと少し、あと少しだ」

みつおは白龍に再び呼びかけた。

一角獣とホワイトドラゴンとの距離が八メートルに迫った。

「今だ！」

獲物が射程距離内に入ったのを確認したみつおは呪文を唱えた。

「風神《ふうじん》菩薩《ぼさつ》……」

「その技は利かぬと言っただろう」

突進を続けながら、勝利を確信した一角聖王は笑みを浮かべた。

だが、みつおはあくまで冷静に呪文を唱え続けた。

「双龍《そうりゅう》波《は》！」

「なんだと？」

猛進を続けながら聖王の顔がひきつった。

波の音が響き続けるなか、ホワイトドラゴンはその大きな口の中から同時に二匹の風のドラゴンを発生させたのだ。巨大な風の双龍は左右に分岐し、挟み込むような陣形を作って同時に金色の一角獣に襲いかかった。

「一角獣は極度の近視だ。だから、視野を広げられる攻撃に弱い。そうだろ?」

みつおは聖王を睨みつけながら淡々と述べた。

「それがどうした！　進め、金色一角獣！」

二匹の風のドラゴンの猛撃を食らいながら、金色の一角獣は徐々に後退し始めた。二つの台風のような突風に挟み撃ちにされて前に進むことができなくなってしまったのだ。

「みんな、身体を屈めて暴風から身を守れ！」

鞍馬天使が八咫烏の大きな背中の上で少年たちに指図した。

「それにしても……」

暴風に飛ばされないように蜘蛛矢が両手で帽子を押さえた。

「すごすぎるぜ、神坂みつお！」

猛もカラスの背中の上に這いつくばっている。

「まさか軍師の私が、こいつに知略戦で裏をかかれるとは……」

自分の敗北を悟った聖王は二つの突風に巻き込まれながら茫然と一角獣の背の上に立ちつくした。

「うわあああああ……」

聖王は突風に巻きこまれて金色一角獣の背中から吹き飛ばされた。

金色に輝いていた一角獣はその身体が元の黒色に戻った。霊力を使い果たした一角獣はそのまま双龍の創り出した二つの突風の餌食となって、時計塔のコンクリートの床の方へ吹き飛ばされていく。

「ドッガーン！」

巨大な黒色の一角獣とその使い手は時計塔の床に叩きつけられた。

「ビキビキビキッ……」

巨大な獣の墜落に伴って、時計塔のコンクリートの床に大きな穴が発生し、そのまわりには地震が生じたかのように四方に巨大な亀裂が走った。

鞍馬天使たちは西の上空から時計塔の床を見つめていた。そこには、巨大な黒い一角獣と聖王が骸《むくろ》のように転がっていた。

「みつおのやつ、やりやがった」

守が空高く佇むみつおと白龍の姿を見上げた。

「一角獣の視覚の裏をかいて、風の双龍を使って粉砕したか。見事だ……」

蜘蛛矢が帽子を頭からとって、再びかぶり直した。

「おれは間違ってはいなかった……」

鞍馬天使が瞳を煌々と輝かせながら自らの読みの正しさを実感していた。

「やった！」

猛と絵美理そして清子が両手を上げてガッツポーズをした。

仲間たちがみつおとショコラの勝利に酔いしれている頃、当事者であるみつおとホワイトドラゴンはいまだ呪文を発動させた時の体勢のまま、地面に転がっている一角獣とその使い手を見続けていた。

「とにかく、終わった。みつおとショコラがドラゴンバスターの金色一角獣を倒したんだ！」

守がうれしそうに頷いた。

静けさと暗さを取り戻した夜空に再び満月と星々が輝きながら姿を現わした。

「ザザザザー、ザッパーン。ザザザザー、ザッパーン……」

足矢浜の寄せては返す波の音は今なお、並行世界の夜空に響き続けていた。さざ波の音に呼応するかのように、満月と星々も煌々と輝きながら静かに揺らいでいた。

少しずつでいい、歩み寄っていこう

ホワイトドラゴンは背にみつおを乗せたまま、時計塔に向かって急降下し始めた。

「ショコラ、どうしたんだ？」

みつおが驚いて白い龍に訊いた。

だが、白龍はみつおの質問に答えることなく、そのまま急降下し、コンクリートの床に倒れている影一角と聖王の前に降り立った。

「おい、ショコラ！」

みつおは心配して白龍の行動を見守っている。

「グアアアア！」

ショコラは雄叫びをあげて、前の両足二本で転がっている影一角獣の角を掴み上げた。

「ショコラ、まさか一角獣の角をへし折るつもりじゃないだろうな？」

みつおはびっくりして白龍に訊ねた。

だが、白龍はみつおの言葉が聞こえなかったかのように、そのまま強力な前足二本で一角獣の角をにぎりしめた。その時、横に倒れていた聖王が薄目を開けた。

「そうだ。それでいい。おまえらは勝ったのだからな」

聖王は倒れたまま小さな声で言った。

「よくなんかないよ！」

みつおは白龍の背中を叩いた。

「おい、ショコラ、やめろ。角を折ったら、一角獣は死んでしまう」

だが、ホワイトドラゴンは獰猛な表情でさらに力強く角をにぎった。

上空からこの情景を見ていた蜘蛛矢が言った。

「僕でもああするな。不安材料は極力消去しておいた方がいい」

「それは正論だ。でも……」

守は同調しつつも、蜘蛛矢の意見に少し抵抗を示した。

「まあ、見ていろ。全ては神坂みつおが決めることだ」

鞍馬天使が二人をなだめた。


「ショコラ、やめろー」

みつおが馬鹿でかい声を出した。白龍はぎょっとして前の両足二本の力をゆるめた。

「ショコラ、命令だ。やめろ！」

みつおは後ろからホワイトドラゴンの白い頬の毛をつねった。

ショコラはグルリとみつおの方を向くと、あきらめたように両前足を角から放した。影一角獣は再び、バタンと音を立ててコンクリートの床に沈んだ。

「なぜやらないんだ？　私がおまえだったら、絶対にここで相手の聖獣を始末しておくぞ」

聖王は右手を使ってゆっくりと上半身を起こした。

「そうかもしれない。ここで、おまえを逃がしたら、僕はおまえに報復されるかもしれない。でも、僕にはできない」

「なぜだ？」

「それは……その一角獣がおまえの大切な友達だからだ。生死を共にする無二の親友。そんな大切なものをあんたから奪いとることはできない。僕は、自分の目の前でショコラが殺されるのを見るのはゼッタイイヤだから」

「敵ながら甘い奴だ。兵法の基本中の基本である不安材料を取り除くという鉄則すら実行できないとは」

聖王は座ったまままみつおをじっと眺めた。

「だが……」

聖王は夜空を見上げた。聖王の見上げるその視線の先には空中に漂っている八咫烏の姿があった。

「だからこそ、鞍馬天使はおまえに賭けたのかもしれないな」

影一角獣使いはふらふらしながらゆっくりと立ち上がった。そして横に倒れている黒い一角獣を見ながら静かに呪文を唱えた。

「上下左右、双方真逆、神獣回収！」

倒れている一角獣は身体から淡い金色の光を漂わせながら空中に浮かび上がり、みるみるうちに身体が縮小して小さな黒水晶でできた将棋の駒になった。王将と金色で刻まれた駒は空中でクルクルと回転しながら聖王のもとへ飛んでいき、その右手の中に収まった。影一角獣使いは右手をぐっと握りしめて、自分の聖獣をしっかりと回収したことを確認した。その時、時計塔の上に四つの霊気が出現した。聖王に仕える聖獣使いたちが軍師のもとに集結したのだ。四人はボロボロになりながらもなんとか立っている聖王のまわりを囲んで跪いた。

「聖王様、申し訳ありません。我々は全員、白龍の仲間の聖獣使いたちに敗北を喫してしまいました」

四人の中でもっとも高位に位置する星座聖獣使い、蠍山星戸が聖王の前で辛そうに自分たちの敗北を報告した。

「申し訳ございませんでした」

他の三人の聖獣使いたちが声を合わせて聖王に許しを請うた。

聖王はふらふらしながら自分を慕っている四人の戦士を見つめた。

「謝らねばならないのは私の方だ。私も白龍に敗北を喫した。我々の敗北は全て、私の立てた戦術に問題があったのだ」

「聖王様、決してそんなことはありません。聖王様の立てた戦略と陣形は的を射ていたと自分は思います」

影ツキノワグマ使いの熊月鉄也が大きな声で言った。

「いや、私のせいなのだよ。私の読みが甘かったためにおまえたちに勝てる戦いを負けさせてしまったのだ」

「それは違う。ボスのプランはよかった。ただ、私たちがそのプランをうまく実行できなかっただけ」

影蝙蝠使いのエリカも聖王に向かって自分たちの非を述べた。

「とにかく、みんな立ってくれ」

聖王がそう言うと、四人の部下たちはおずおずと立ち上がった。

上空から突風が流れ込んできた。八咫烏が飛行機のごとく降下してきたのだ。三本足のカラスは少年たちを乗せたまま静かに着陸した。

「みつお！」

猛がみつおと白い龍の前に駆け込んできた。

「おまえ、スゲーじゃねーか。強すぎっぞ」

猛はみつおの頭を上から左手でグシャグシャと撫でた。

「アタタタ、やめろよ、猛」

頭をいじられながらみつおは苦笑いした。

守、絵美理、清子そして蜘蛛矢がみつおと白龍ショコラのもとにやってきた。

「神坂君、ありがと……」

清子がみつおに微笑みかけた。

「礼なんていいよ」

みつおは照れて顔を真っ赤にしながら右手で頭を掻いた。

「ほんと、いい戦いぶりだったぜ」

守がみつおの背中をドンと押した。みつおは転びそうになった。

「前半はひやひやさせられたが、後半はすばらしかった。とくに一角獣の視覚の裏をかいた最後の攻撃は圧巻だったよ。君は優れた戦闘能力と戦いのセンスを兼ね備えている。問題はメンタル面だ。精神をもっと鍛えていかなければならないだろうね」

蜘蛛矢はみつおとホワイトドラゴンを交互に見ながら、二人の戦いぶりと今後の課題を指摘した。

「うん。自分でもそう思う。もっと心の軸を強く保たないとね。僕はすぐビビってしまうから」

みつおは蜘蛛矢を見ながら頷いた。

そして小型化した八咫烏を右肩に乗せた鞍馬天使がみつおのそばへ近づいてきた。少年たちはさっと八咫烏使いのために道を開けた。

「神坂龍犬の子孫、いや、神坂みつおよ。見事だった」

鞍馬天使は右手をみつおの右肩にかけながら少年を激励した。

「鞍馬さん、この一年間いろいろありがとね。八咫三郎が僕とショコラのそばにいつもいてくれてどれだけ心強かったかわからないよ」

「礼には及ばぬ」

八咫烏使いは満足そうに微笑んだ。

「それに今日も駆けつけてくれてありがとう。もし、鞍馬さんが来てくれなかったら、今頃、僕とショコラはどうなっていたかわからないよ。とくに……」

「とくに何だ？」

「とくに、あの言葉は心に響いたよ。ほら、マリア像のある教会の道、足矢浜の砂浜……」

「おれはただお前の力が覚醒するきっかけを作っただけのこと。全てはおまえと白龍の力だ。だが、こうしておまえたちを八咫三郎と共に見守り、ここまで導けたことはうれしく思っている」

鞍馬天使は両目を輝かせながらみつおの右肩をポンと叩いた。みつおも鞍馬天使を見てにこっと笑った。

笑顔で話し合う二人のそばに一角聖王がふらふらしながら近寄ってきた。

「神坂龍犬の子孫よ。私はこの戦いを通じておまえに教えられたことがある」

みつおと八咫烏使いはじっと聖王を見た。

「今の世は私が思っていたよりも自由だということ、そして恨みを抱いて報復することが全てではなく、時には人を許し、歩み寄っていくことも大切さだということをおまえと白龍、そしておまえの仲間たちに私は教えられたのだ」

みつおはさっと右手を一角聖王に向けて差し出した。

「聖王さん、少しずつでいい、歩み寄っていこう」

「ああ、もしよかったら、私たちもおまえたちの仲間にいれてくれないか」

聖王も右手を出してみつおと強く握手をした。

この光景を見ていた絵美理と清子が拍手をし始めた。それにつられてその場にいた全員が拍手をした。しばしの間、時計塔の上は拍手の音で満たされた。

「おい、みつお。おれたちそろそろ現実世界に戻って授業に出ないとまずくないか？」

守がぼんやりしているみつおに訊ねた。

「あ、そうだったね。忘れてた」

みつおは口をぽかんと開けた。

「いいじゃねえか。バトルで疲れたし、授業なんてさぼろうぜ」

猛が守の頭をこついた。

「私は早く元の世界に帰りたい」

清子が心細そうに言った。

「そうよ。早く戻って何事もなかったかのように午後の授業に出ましょうよ」

絵美理が怖い顔で猛を見た。

「けど、どうやって戻るんだよ？」

猛が首をかしげた。

「大丈夫だ。来た時と真逆の行程を辿ればいい。つまり、体育館にかかっているあのくすんだ色の大きな油絵を通り抜ければ現実世界に戻れる」

一角聖王はコンクリートの床に置いてあった将棋盤を右手で持ち上げた。

「そっか！」みつおの顔が輝いた。

「では、善は急げだ」

鞍馬天使がにやりと笑った。

再び大きな油絵を通り抜けて

「上下左右、双方真逆、空間転移！」

聖王が右手を突き出して呪文を唱えると、満月と星々の輝く時計塔の風景が消え、蜃気楼の中から体育館の景色が立ち現われた。

「あ、体育館だ！」みつおが笑顔になった。

「さあ、神坂みつおよ、後方にあのくすんだ大きな油絵がある。これから私があの油絵の入口を開くから、来た時と同じように油絵を通り抜けて戻ればいい」

「わかった」みつおは頷いた。

「ちょっと待って」

絵美理が腕組みをした状態で聖王を睨みつけた。

「こっち側に来た時、私たちはバラバラに別の場所に飛ばされた。今度もそうなるんじゃないでしょうね？」

「あの時は、私が敢えてそのように仕組んだのだ。おまえたち一人一人を私が振り当てた戦闘空間へと導くためにな。今度は違う。全員一緒に、体育館に時空間移動させるから心配しなくていい」

「ならいいわ」

絵美理は組んでいた両腕を下した。

「神坂みつお、別れ際だが、おまえに一つ頼みたいことがある」

「何？」

みつおはきょとんとした顔で聖王を見た。

「おまえの仲間たちが持っている黒水晶の将棋の駒を私の部下たちに返してやってはくれまいか？」

「それには同意しかねる」

蜘蛛矢がつかつかと聖王の前に出てきた。

「神坂君とあんたが和解したのはわかった。けど、僕らはあんたの部下と別に和解していない。それに、『はい、そうですか』と言って、駒を返してその後、復讐されたのではたまらないからね」

蜘蛛矢は冷めた瞳を聖王に向けた。

体育館の中は険悪《けんあく》なムードになった。蜘蛛矢と聖王の間に緊迫した空気が漂っている。

その時、右肩に八咫三郎を乗せた鞍馬天使が二人の間に割って入ってきた。

「なあ、蜘蛛矢。ここはおれに免じて、駒を聖王の部下たちに返してやってくれないか。おまえたち四人の身の安全はおれが保障する。万一、おまえたちの身に危険が生じた場合は、おれが全力で報復を仕掛けてきた聖獣使いを抹殺する。どうだ、これで同意してくれるか？」

「ボスがそうおっしゃるなら従います」

蜘蛛矢はしぶしぶ帽子を左手で頭から取って中から駒を取り出した。

「おまえたち四人の身の安全は私が約束する。私の部下に報復など決してさせはしない。おまえたちいいな、この四人には一切手出ししてはならない。これは命令だ！」

聖王は四人の部下をものすごい形相で睨みつけた。

「御意！」

四人の聖獣使いたちはさっとその場に跪ずいた。

「ねえ、みんな、駒をこの人たちに返してあげてよ」

みつおは笑顔で四人の仲間たちに催促した。猛、守、絵美理そして蜘蛛矢はそれぞれバトルを繰り広げた聖獣使いに黒水晶の輝く将棋の駒を手渡した。駒が使い手のもとに戻ったことを確認した聖王は再びみつおに話しかけた。

「神坂みつお、おまえに渡したいものがある」

聖王は将棋盤を両手で持ち上げ、それを小さく折りたたみ始めた。将棋盤はどんどん小さくなっていき、最終的には手のひらに収まるほどのサイズの四角形で構成された板の塊になった。

「これをおまえにやろう」

聖王は小さな木片となった将棋盤をみつおに手渡した。

「ありがと」

みつおは手渡された木片を大事そうに右ポケットにしまった。

「万一、影龍軍団がおまえたちを襲ってきた時は、その木片を将棋盤の大きさに戻して、次の呪文を唱えてくれ。そうすればこの並行世界が現われる。奴らとの戦いにこの並行世界を使ってくれ」

「わかりました。そうします。じゃあ、その呪文を教えてください」

みつおは緊張しながら聖王の顔を見た。

「垂直水平、双方真逆、世界顕現!」

「垂直水平、双方真逆、世界顕現……」

聖王が唱えたとおりにみつおは呪文を復唱してみた。

「どうだ、覚えられたか?」聖王が笑った。

「うん、なんとかね」

少し心配そうにみつおは頷いた。

「みつお、大丈夫よ。私がスマートフォンの中に今の呪文、録音しておいたから」

絵美理がみつおに述べた。

「みつお、心配するな。おれも覚えた」

守がポンとみつおの右肩を叩いた。

「みんな、ありがと」

みつおは恥ずかしそうに右手で頭を掻いた。

「神坂みつお、最後に一つだけ言っておかねばならないことがある」

聖王は真剣な眼差しでみつおを見据えた。

「次の敵のことだよね……」

気乗りしない表情でみつおは聖王を見た。

「そうだ。私と鞍馬天使とを加えた暗黒の三大聖獣使いの頂点に君臨する、影龍使いのことだ」

体育館の中は森閑とした。しばしの間、沈黙が流れた。

「この次、おまえと戦うことになる聖獣使いはドラゴンだ。暗黒の龍、影龍……」

「影龍……」みつおは顔をこわばらせた。

「影龍はけた外れに強い。さらに悪いことに二〇〇〇年前よりもずっと強くなっているのだ」

「どうしてなんだよ？」

猛が唐突に話に割り込んできた。

「影龍は暗黒の龍。その時代が持つ暗黒の力をそのまま吸収して自らの力に換えるのだ。

現代は江戸時代と違い、階級差のない自由で便利な時代だが、パソコンやスマートフォンなどを中心とするハイテクノロジーが人間を隷属化させ、支配している時代でもある。昔と違って、人々は階級支配から免れたが、今度はテクノロジーの奴隷となってしまっている。インターネットを中心とするSNSの普及が人々の心の闇を増大させ、生きにくい、息苦しい時代になってしまっている。まあ、本人たちは気づいてもいないがな……」

「つまり、インターネットの闇サイトやSNS上での中傷や炎上、テロ行為、国同士の紛争などの暗黒の側面が影龍に多大な力を与えてしまっているということか……」

蜘蛛矢が帽子を深くかぶり直した。

「その通り。二〇〇年前に神坂龍犬と戦った時の影龍とは比べものにならないほど強く凶暴になっているのだ」

「ふう……」守がため息をついた。

「私と鞍馬天使は何百年もの間、影龍使いに仕えてきた。そして、今、奴は暴走しかけている。我々ではどうすることもできずにこのまま奴の望む表世界の支配に手を貸すつもりだった」

聖王はいったん話すのをやめた。

「だが、おまえと戦って一条の光が見えたのだ。神坂みつお、おまえなら影龍の暴走を止めることができるかもしれない」

「僕が？」

「そうだ、それができるのはおまえしかいない」

鞍馬天使がみつおに近づいてきて少年の右肩に右手をかけた。

「私もおまえの秘められた力に賭けてみることにしたのだ」

一角聖王は燃えるような瞳でみつおを見ていた。


「じゃあ、聖王さん気をつけてね」

みつおが心配そうに聖王の顔を見た。

「心配無用。並行世界を修復したら、我々もすぐに身を暗ますつもりだ」

「じゃあ、またね！」

みつおとその仲間たちは聖王とその仲間たちに手を振った。

「達者でな。神坂龍犬の子孫よ、守護者のもとで来るべき戦いに備えて腕を磨け！」

聖王がみつおに向けて右手でグーサインを出した。

「うん、精進する」

一角聖王は右ポケットからマルボロの箱を取り出し、そこから一本タバコを取り出して、稲妻模様のはいったライターで火をつけた。聖王は天井に向けてタバコの煙を吹かした後、呪文を唱えた。

「垂直水平、双方真逆、入口開放！」

聖王が呪文を唱え終わると、くすんだ大きな油絵のキャンバス内から赤色の光が照射され始め、その光は強力に輝き出し、少年たち全員の顔を照らし出した。体育館全体がグラグラと揺れて、地軸がぐらりと一八〇度反転した。

「やれやれ、また逆さまになるのか」

蜘蛛矢が口元をゆがませた。

描かれた時計塔のあたりから、渦巻き状の巨大な竜巻が現われ、その竜巻はみつおとショコラそして仲間たち全員を取り囲んだ。

みつおはくるりと聖王の方を振り返って右手を左右に振った。

「聖王さん、鞍馬さん、またね！」

竜巻は完全にみつおたちを飲み込んで並行世界の体育館から消えた。みつおたちが姿を消した後も、一角聖王と鞍馬天使、そして他の聖獣使いたちはぼんやりと巨大な油絵の中からいまだ照射されている赤色の光を見続けていた。

「すばらしい少年たちだ」

マルボロを吹かしながら、一角聖王は静かに微笑んだ。

「ああ、そうだな。そして彼らはおれたちにとって暗闇を照らす一条の希望の光なのさ」

聖王と並んで巨大な油絵を見上げながら、鞍馬天使は右肩に乗せた八咫烏の頭をやさしく撫でた。

正門で待っていた二人の守護者

「ひやあああ！」

巨大な油絵の中から飛び出してきたみつおは叫び声をあげた。

みつおと仲間たちは聖王が開いた時空の渦を通り抜けて、現実世界に戻ってきたのだ。猛、守、絵美理そして蜘蛛矢は体育館の上に見事に着地していった。彼らはまるで戦隊シリーズのヒーローのようにしなやかに体育館の床に降り立った。仲間たちがうまく着地していくなか、みつおだけは着地した瞬間、しりもちをつき、無様にもあぶら虫のように短い両足をじたばたさせた。

「いててて……」

みつおが蓑虫のようにひっくり返っている横を白い何かが美しい軌道を描きながら通り過ぎた。ショコラだ。ショコラはみつおたちをはるかに通り越して、音もなく白い蝶のように体育館の床に着地した。

「ショコラ！」

みつおはショコラが到着したのを見て、喜んだ。

白い犬はくるりと振り返ってしりもちをついている少年を眺めた。みつおの無事を確認したショコラは緑がかった小さな茶色い両目を輝かせて、舌をベロンと出した。

「ショコラ、よくがんばったね！」

絵美理がショコラのもとに走り寄って白い犬の頭を右手で撫でた。

「これで全員無事到着したね」

蜘蛛矢がやれやれといった表情で全員を見た。

「疲れたな。なあ、授業さぼろうぜ」

猛がだるそうな表情でみんなに提案した。

「何言ってんのよ」絵美理が猛を睨んだ。

「猛、おまえの気持ちはわかるが、ここは敢えて何事もなかったかのように授業に出るべきじゃないか？」

守が猛をなだめた。

「そうだ。その方がいい。清子さんも無事だったし、僕たちも全員無事だ。学校側に何事もなかったことを提示する意味でも、ここは静かに授業に出ておくべきじゃないかな？」

蜘蛛矢は諭すように猛に言った。

「わかってるよ。ちょっと言ってみただけさ」

猛はバツが悪そうにボリボリと左手で頭を掻いた。

「ねえ、もうとっくに授業が始まってるわ。急いで行きましょう」

絵美理がみんなを促した。

「ああ、そうしよう」守が相槌を打った。

みつおたちは体育館を出て、階段を下りていった。もちろん、ショコラが先頭をきって走っている。

「ねえ、みんな。先に行っててよ」

みつおが友人たちに言った。

「ショコラを家に連れて帰るんだろ？」

守がみつおに訊いた。

「うん」

みつおは白い犬と並びながら頷いた。

「じゃあ、みつお、先に教室へ行っとくからな」

猛はそう言うと教室に向かって走り出した。その後を、蜘蛛矢、絵美理、守そして清子が続いていく。

みつおはショコラと並んで正門に通じている勾配が急な階段を下っていった。正門に近づき始めると、そこに麦わら帽子を深々とかぶった茂子と腕組みして門にもたれかかっている闘心が立っているのが見えた。

「お母さん、闘心さん！」

みつおは息を切らせながら二人のもとに走っていく。ショコラも両目を輝かせながら茂子のもとへ駆け寄っていった。

「みっちゃん、ショコラ！　オッケーよ。オッケー牧場よ！」

茂子が満干の笑みをたたえながら、ショコラの頭を撫で、その後、みつおに右手でグーサインを出した。

「ねえ、二人は待っててくれたの？」

呼吸を整えながらみつおは二人の顔を覗き込んだ。

「ショコラを迎えにきたのよ」

茂子は右ポケットからリードを取り出し、白い犬の首にすばやくつけた。

「神坂君、よく戦い抜きました。これでまた、一つ試練を乗り越えましたね。私と龍音和尚は君のことを誇りに思います」

闘心はみつおに微笑みかけながら、少年の健闘を称えた。

「二人とも、ここで僕らの戦いを見守ってくれていたんだね」

みつおはうれしそうに二人に微笑みかけた。

「素晴らしい戦いぶりでした」

闘心が再度みつおを称えた。

「あの、神坂君、疲れているとは思いますが、授業に戻らなくてはならないのでは？」

闘心は婉曲的に少年に授業に出るよう促した。

「あ、いけね。じゃあ、お母さん、ショコラを連れて帰っててね。僕は教室に戻るから」

みつおはくるりと背中を向け、教室に向かって走っていこうとした。

「みっちゃん。今日の晩ごはん、何がいい？」

瞬時に茂子は息子に訊ねた。

「そうだね。何か、パワーの出るごはんがいいね。今日はけっこう疲れたから」

少年は率直に母親の問いに答えた。

「わかったわ、まかしといて。じゃあ、いってらっしゃーい！」

茂子はショコラを連れてみつおに右手を振った。

「では、神坂君、また、後ほど」

闘心もみつおに右手を振っている。

「うん、じゃあね。二人ともいろいろありがと！」

みつおは母親と闘心そして白い犬に見守られながら、教室に向かって再び階段を上り始めた。

勝利のオッケー牧場・餃子！

何事もなかったかのように、みつおたちは教室に少し遅れて入室し授業に出た。だが、並行世界におけるバトルで疲れ切っていたため、みんな授業に集中できないでいた。みつおと猛そして清子が在籍するBクラスでは国語の授業が展開されていた。分厚い眼鏡をかけた中年の女性教師は松尾芭蕉の『奥の細道』の冒頭部分を高らかと読み上げた。

月日《つきひ》は百代《はくたい》の過客《くわかく》にして、行きかふ年も又旅人《またたびびとなり》也。

みつおと猛と清子は国語教師の太い声をバックグラウンドミュージックにしていつしか机の上にうつぶせになって眠り込んだ。

一方、絵美理と守のいるDクラスでは社会の授業がおこなわれていた。若作りした男性教員が社会の教科書を広げて、サンフランシスコ条約についてくどくどと説明している。疲れ切っていた二人は社会の教師のこもった声をBGMにして深い眠りに落ちていった。若作りをした教師は二人が眠り込んでいるのを見て見ないふりをして、サンフランシスコ条約について話し続けた。そして蜘蛛矢のいるEクラスでは数学の授業が進展していた。蜘蛛矢は中年の男性教師がピタゴラスの定理を説明する甲高い声に耳を傾けながら、いつしか深く眠り込んだ。

午後の授業も全て終わり、最後の清掃活動も終了した。みつおと仲間たちは適当に掃除を切り上げ、荷物を持って小学校を見下ろせる桜の木のもとに集まった。

「午後の授業は目を開けてられなかったな……」

守が大きなあくびをした。

「みんなそうさ。霊力を込めてあれだけ戦ったんだ、起きていられるわけがない」

蜘蛛矢もだるそうに右手で帽子を触った。

「ああ、疲れた。おれ、もう帰るぜ」

猛がふらふらしながら言った。

「私も」絵美理も眠そうだ。

「みんな、助けに来てくれてありがとう」

清子が五人に向かって頭を下げながら礼を言った。

「南沢さん、そんな頭なんて下げないで」

みつおは驚いて少女が頭を下げるのをやめさせた。

「おれたちはやらなきゃならないことをしただけ、そうだろ?」

猛が守、絵美理そして蜘蛛矢を見た。

「その通りだ。それに、君を巻き込んでしまった僕らにも問題があった。もっと早くに君に迷惑がかからぬよう手を打つべきだったんだ。すまなかったね」

蜘蛛矢が右手で帽子をとって少女に頭を下げた。

「そんな、私は助けてもらえたからそれでいいの。みんなが来てくれて、私は助かった」

「まあ、なんだな。これからは互いに連絡を取り合ってこういったことを未然に防ぐようにしていこうぜ。な、それでいいだろ、蜘蛛矢、南沢？」

堅苦しくなったその場を和ませるため、守が笑顔で話をまとめた。

「そうよ、そうしましょう」

絵美理も守に同意した。

「じゃあ、とりあえず今日は疲れたから、もう帰ろうぜ！」

猛が正門に通じている階段に向かって歩き出した。

「そうだ。帰ろう！」

みつおが猛の後に続いた。

少年たちは六人そろって正門までの階段を下りていった。正門を出て、少年たちはひと時の別れの挨拶を交わしながら、それぞれの道に分かれて解散した。

「じゃあな」

「また来週！」

「ゆっくり休めよ！」


みつおは疲れた身体を引きずるようにして家に到着した。靴を脱いで、リビングに到着すると、晩ごはんの支度をしている茂子とその隣で微笑んでいるショコラの姿が見えた。

「あら、みっちゃん。お帰りなさい」

「ただいま。あ、いい匂いがするね。テーブルに並んでいるのは……」

「オッケー牧場・餃子よ！」

茂子が右手で息子に向かってグーサインを出した。

「だよね。たくさんの餃子の皮が並んでいるもの。お母さんのスペシャルメニューのひとつでしょ？」

「そうよ。みっちゃんがパワーのつく料理が食べたいって言ったから、今日はオッケー牧場・餃子なのよ」

茂子はみつおに笑顔を見せた。

「みっちゃん、すぐ食べたい？」

茂子は見るからに疲れているみつおを気遣って言った。

「うん、できれば早く食べて寝たいな」

みつおはあくびをしながら返答した。その隣でショコラも大口を開けてあくびをした。

「オッケーよ、まかしといて、すぐ餃子焼くわね。グレイトでアメイジングな餃子になるわよ！」

茂子は右手で力強くVサインを出した。

「じゃあお母さん、僕とショコラは散歩に行ってくるね」

「そうして。その間に、夕食を作っておくわ。一分〇五秒で帰ってきてね！」

茂子は大きなフライパンを出して、せっせと夕食の準備に取りかかった。

みつおとショコラは家の目の前にある小さな公園まで歩いていった。公園の木々は紅葉して秋色に染まり、みつおたち以外、誰もいない空間は静かな空気に包まれている。みつおはベンチに座り、白い犬は少年の隣に座った。秋風が吹いてきて、二人の頬を撫で、目の前に赤く染まった葉がひらひらと舞い降りてきた。みつおはおもむろにその赤い葉っぱを拾い上げて、右ポケットにしまった。二人がそのままぼんやりと座っていると家の方角から餃子の焼けた匂いが風に乗って運ばれてきた。

「じゃあ、ショコラ、帰ろっか」

みつおは立ち上がって、ショコラと一緒に家に戻った。

みつおたちが帰宅し、食卓に着くと、テーブルの上には香ばしい匂いを漂わせたたくさんの餃子が並んでいた。

「みっちゃん、どうぞ！」

茂子はチャーハンを息子に手渡した。

「ありがと。今日は豪華だね。お母さん得意の二大メニューだ。オッケー牧場・チャーハンとオッケー牧場・餃子だ！」

「さあ、食べて」

「いただきまーす！」

よほどお腹が空いていたらしくみつおはがつがつと食べ始めた。その隣でショコラも夕食を食べ出した。ショコラの夕食もスペシャルメニューだ。ドッグフードの上に、細かく切られた焼き芋と犬用のチーズそして小魚がちりばめられている。白い犬も少年に負けじとがつがつ食べた。こうして、二人は茂子自慢のオッケー牧場シリーズのスペシャルディナーを平らげたのだ。

「お母さん、ありがと。ちょっと疲れたから、僕、もう寝るよ」

席から立ち上がると、みつおは目をこすりながら自分の部屋のある二階に通じた階段を上がり出した。ショコラも眠そうにみつおの後をついていく。

「二人とも偉かったわね。よく休んでね」

二人の小さな背中を見つめながら、茂子が小声で言った。

夜八時を過ぎると、兄の文彦と父の哲彦がたて続けに帰ってきた。兄はアルバイト、そして父は仕事を終えて帰ってきたのだ。

二人が食卓に着くと、オッケー牧場・餃子とオッケー牧場・チャーハンがテーブルの上に所せましと並べられていた。茂子はキリンラガービールを三つ持ってきて、テーブルの上に置いた。

「さあ、お父さん、お兄ちゃん、みっちゃんとショコラの勝利を祝いましょう!」

「そうだな。二人は今日大変だったみたいだ。二人が戦っているオーラを仕事中、ひしひしと感じたよ」

父の哲彦が言った。

「そして、二人は見事に戦い抜いた」兄の文彦は誇らしげに言った。

「さあ、ビールを開けて。いい？」

茂子が二人を促した。

「カンパーイ！」

茂子が笑顔でビールを掲げて祝杯の音頭をとった。

「みつおの勝利に！」父もビールを掲げた。

「ショコラの健闘に！」

兄もうれしそうにビールを飲み出した。

こうして、三人はみつおとショコラの健闘を祝いながら夕食を食べ始めた。三人がにぎやかにごはんを食べている頃、二階ではみつおとショコラがベッドの上で静かに眠り続けていた。

みつおの勉強机の上には赤く染まった葉っぱが置かれている。足矢の海に面している窓は開け放たれ、満月と星々が少年と白い犬を見守るように静かに輝いていた。

輝き出した海を目指して

突然、みつおは目を覚ました。みつおが起き上がったのに気づいたショコラもベッドの上で立ち上がった。窓からはいまだ月の光が差し込んでいる。みつおは勉強机の上の時計を見た。時計は午前四時二〇分を指している。早朝だ。だが、少年も白い犬も早く寝すぎたため、再び寝入る気にはなれなかった。みつおはベッドから立ち上がり、パジャマを脱いで、Tシャツとブルージーンズに履き替えた。着替え終わると、少年は自分の部屋を出て、足音をたてないように、ゆっくりと一階へ下りていった。ショコラも少年に続いて静かに階下へ下りた。そのままみつおは台所に向かい、冷蔵庫を開けてオレンジジュースを取り出した。少年はコップにオレンジジュースを並々と注いで、その後、ゴクゴクとジュースを飲み干した。その隣で、ショコラもボウルに入っている水を一心不乱に飲んだ。

「じゃあショコラ、散歩に行くか」

みつおは手際よく右手でショコラの首にリードをつけた。

小さな少年と白い犬は静けさの漂う町内をゆっくり散歩し始めた。空にはいまだ満月と星々が煌めいており、水銀灯がほの暗くあたりを照らしている。みつおとショコラはいつもの坂道を上って六地蔵の安置されているところまで歩いていった。薄暗い空間のなかに赤い涎掛けだけが浮かび上がって見える六体のお地蔵様までたどり着いた二人はぼんやりと地蔵菩薩の顔を見つめた。まわりでは鈴虫とコオロギの鳴き声だけが高らかと響いている。六体のお地蔵様が暗闇のなか、一瞬自分たちに微笑みかけたかのようにみつおには思えた。みつおは六地蔵一体、一体に両手を合わせて祈った。一角聖王のこと、その四人の部下たち、そして手助けしてくれた鞍馬天使のことを……。みつおが六地蔵に祈りを捧げていると、観音堂のある裏山の方角から一陣の風が流れ込んできた。山風は秋の匂いを運んできた。秋風に背中を押されるようにして少年と白い犬は坂道を下り始めた。

みつおとショコラはそのままどんどん坂道を下っていき、暗闇の中で水音だけが響きわたる足矢川へとたどり着いた。川の反対側には交番があり、夜勤をしている警察官の姿が見えた。

「ショコラ、今日は川沿いを歩いてみるか？」

小柄な少年は白い犬の顔を見た。

ショコラは両目を輝かせながらベロンと舌を出した。ショコラの合意を得たみつおは川の流れに沿って海に向かってゆっくりと歩き始めた。

二人はゆっくりと、だが着実に川を下っていった。暗闇が広がる中、海へと流れていく川音とショコラが歩く足音だけが川岸に反響している。二人は阪急電車の駅を通り越し、スペイン語で月を意味する名前のつけられたルナ・ホールという市民ホールを通過し、大きな国道を横切った。足を止めることなく、さらに二人は南下していった。

国道脇に設置された交番を越えて、進んでいくと、マリア像を備えた大きなカトリック教会の尖塔が見えてきた。

「ショコラ、カトリック教会が見えてきたぞ。とりあえず、あそこまで歩こう」

みつおは白い犬の頭を右手で撫でた後、教会に向かって再び足を進めていった。

教会にたどり着いた二人はまわりを見回した。教会そのものは閉められているが、正門が少しだけ開いていたので、二人はそこから中に入った。暗闇の広がる教会境内の右手にはライトアップされた白いマリア像が設置され、左手にはイエス・キリストと二匹の羊を配した模型が設置されている。みつおとショコラはまず、両手を合わせて微笑んでいるマリア像のやさしい面立ちを眺めた後、キリストと二体の羊の模型の前で立ち止まった。どうやら厩の模型のようだ。キリスト像と二体の羊の模型の背後に掲げられている言葉にみつおは気がついた。そこには以下のような言葉が記されていた。

迷った一匹の羊を牧者である神は見つけて喜ぶ

そのまましばらくの間、キリストと二体の羊の模型を見ていたみつおとショコラは海から流れ込んでくる風に気がついた。

「ショコラ、潮風だ。海が近いぜ」

白い犬は少年の顔を見てにやりと笑った。そして二人は教会を後にして、川沿いに戻り、そのまま階段を下りて川岸にたどり着いた。ほの暗い前方にうっすらと足矢の海が広がっているのが確認できた。その時、きらきらと海が輝き始めたのだ。

「海がきらきらと輝き出した。ショコラ、日の出だ。日の出を足矢の海で見ようよ！」

白い犬は先陣を切って力強い歩調で進み出した。その後をよちよちと足の短い少年がついていく。山風が川沿いに下りてきた。そして同時に、海からは潮風が上昇してきた。みつおとショコラは瞳を閉じて双方向から流れ込んでくる風を全身に浴びながらしばしの間、その場に立ちつくした。二人の真上を黒い何かが通り過ぎていった。少年と白い犬は両目を開けて空を見上げた。

「あ、八咫三郎。いろいろありがと。またね！」

みつおとショコラは自分たちを見守り続けてくれた三本足のカラスが立ち去っていく姿をしばらくの間眺めていた。

「さあ、ショコラ、この道を歩いていこう！」

そしてみつおとショコラは朝日を受けて輝き出した海に向かってゆるやかに歩き始めた。

完

参考文献

BORGES, Jorge Luis con GUERRERO, Margarita. *El libro de los seres imaginarios*, Madrid, Alianza Editorial, 2003.

ホルヘ・ルイス・ボルヘス&マルガリータ・ゲレロ『幻獣辞典』（柳瀬尚紀訳）、晶文社、二〇〇〇年

ルイス・キャロル『鏡の国のアリス』（脇明子訳）岩波少年文庫、二〇〇〇年

松尾芭蕉『おくの細道』（萩原恭男　校注）岩波書店、一九九七年

村上春樹『世界の終りとハードボイルド・ワンダーランド』新潮社、二〇一〇年

著者多数 *New Crown. English series, New Edition 1*, Sanseido 三省堂、二〇一三年

著者プロフィール

坂下 智（さかした とも）

兵庫県芦屋市出身

庭に佇む愛犬ショコラ

ホワイトドラゴンⅡ

時計塔の上の一角獣と逆さまの世界

2022年12月15日　初版第1刷発行

著　者　坂下 智
発行者　瓜谷 綱延
発行所　株式会社文芸社
　　　　〒160-0022　東京都新宿区新宿1－10－1
　　　　　　　　　　電話　03-5369-3060（代表）
　　　　　　　　　　　　　03-5369-2299（販売）

印　刷　株式会社文芸社
製本所　株式会社MOTOMURA

ISBN978-4-286-26078-5